Hildegard Diessel

Man lacht über Putzi

Hildegard Diessel

Man lacht über Putzi

Fischer Verlag

Illustrationen von Isa Dietrich

ISBN 3 439 90017 7

Inhalt

Putzi ist trotzdem ein Mädchen

Putzi Koll saß ganz hoch oben auf einem Baum und baumelte mit den Beinen. Die Blätter standen so dicht, daß man Putzi von unten nicht sehen konnte, wenn man nicht ganz genau hinguckte.

Aber wer sah sich schon hier draußen auf der Wiese jeden Baum genau an? Der Bauer jedenfalls nicht, der jetzt mit seinem Ochsengespann über den Weg kam. Als er genau unter ihr war, setzte Putzi die Blechtrompete an den Mund.

„Tätärätätä! Tätärätätä!“

Putzi blieb mucksmäuschenstill sitzen. Sie bebte vor Lachen. Dem Bauern war vor Schreck fast die Pfeife aus dem Mund gefallen. Verblüfft starrte er nach oben. Schließlich ging er kopfschüttelnd weiter. Putzi schickte ihm noch ein lautes „Tätärätätä“ nach.

Lange Zeit kam niemand. Putzi wurde das Stillsitzen leid, und sie wollte eben hinunterklettern, als plötzlich ein Vogel angeflogen kam. Es war eine Kohlmeise mit schwarzem Köpfchen. Sie setzte sich ganz nahe bei Putzi auf einen Ast und wippte mit dem Schwänzchen.

„Ich glaube, ich kenne dich“, sagte Putzi. „Ich hab' dich doch im Winter gefüttert, nicht?“

Die Meise hüpfte auf dem Ast hin und her. Dann hielt sie das Köpfchen schräg und sah Putzi an. Und dann – ja, dann nickte sie und zwitscherte hell.

„Das habe ich mir doch gedacht. Nett, daß du mich auch wiedererkannt hast“, sagte Putzi.

Da flog die Meise davon. Putzi kletterte wie ein Äffchen den Baum hinunter. Auf dem untersten Ast stellte sie sich hin. „Schade, daß ich nicht fliegen kann“, dachte sie. „Aber bis zur Erde ist es nur ein Katzensprung.“ Und sie sprang.

Aber es war doch höher, als sie geglaubt hatte. Verdutzt landete sie auf allen vieren. Dann stand sie auf und betastete Arme und Beine. Es war nichts passiert, nur Arme und Beine sahen mit einmal schokoladenbraun aus. Putzi betrachtete nachdenklich den vom Regen aufgeweichten Lehmboden und lachte.

„Macht nichts“, murmelte sie. „Das ist ’ne ganz hübsche Farbe. Sieht putzig aus.“

Das dachten auch die Leute in dem kleinen Städtchen, als sie Putzi sahen. Und Fritz, der frechste Junge des ganzen Städtchens, sang hinter ihr her:

„Ich hab’ rote Haar’,
feuerrote Haar’ sogar.“

Putzi hatte nämlich rotes Haar, aber nicht feuerrot, sondern mehr rotblond.

„Du bist ja bloß neidisch, weil deine so verwaschen aussehen!" rief sie.

Das ärgerte den weißblonden Fritz, und er sang:

„Schwarze Beine wie die Schweine."

Da wurde Putzi wütend und streckte ihm die Zunge heraus. Und Fritz kniff aus, obwohl er doch ein Junge war und ein ganzes Jahr älter als die siebenjährige Putzi. Aber er wußte, wenn Putzi wütend wurde, war mit ihr nicht zu spaßen. Dann nahm sie es mit jedem Jungen auf.

Putzis grüne Augen funkelten. So eine Frechheit!

Aber sie hatte keine Lust, hinter Fritz herzulaufen. Erstens hätte sie ihn wahrscheinlich doch nicht mehr erwischt, und zweitens hatte sie Hunger. Da war sie vor dem Haus ihrer Eltern angekommen. „Dr. med. Koll" stand auf dem Schild an der Gartenpforte. Putzis Vater war Arzt.

Putzi steckte den Daumen in den Mund und blieb einen Augenblick stehen. „Wenn Paps noch Patienten hat, ist die Tür offen", dachte sie, „dann kann ich mich hineinschleichen. Wenn nicht, muß ich schellen. Dann macht bestimmt Mutti auf, und sie wird schimpfen."

Vorsichtig probierte Putzi die Klinke. „Zu", murmelte sie und nagte am Daumen. Schimpfe mochte sie nicht. Gebückt schlich sie an der Vorderseite des Hauses entlang. Dann richtete sie sich auf und lief in großen Sprüngen um die Ecke zur Rückseite.

In dem großen parkartigen Garten hinter dem Haus befand sich ein Becken mit einem Springbrunnen in der Mitte. Dort wollte sich Putzi den Schmutz abwaschen. Wenn sie sauber ins Haus käme, könnte ihre Mutter nicht mehr schimpfen. Aber das Becken war leer. Ausgerechnet heute hatte man das Wasser abgelassen.

„So ein Pech“, murmelte Putzi. Dann leuchteten ihre Augen auf. An der Rückseite des Hauses stand ein Fenster offen. Putzi schwang sich aufs Fenstersims und blieb einen Augenblick hocken. Dann sprang sie mit einem Satz ins Zimmer.

Klirr! machte es.

Beim Sprung war Putzi an den kleinen Tisch gestoßen, und eine Schale war heruntergefallen. Putzi wollte gerade die Scherben aufsammeln, als die Tür aufging und die Mutter hereinkam.

„Das kommt davon, wenn man wie ein Dieb durchs Fenster steigt. Warum hast du nicht –?“ Sie brach ab und blickte auf Putzis schmutzstarrende Arme und Beine.

„Siehst du“, sagte Putzi eifrig, „deshalb mochte ich nicht schellen. Du bist so putzig, wenn ich dreckig nach Haus komme. Und ich wollte dich nicht ärgern. Aber ich kann doch nichts dazu, wenn kein Wasser im Becken ist.“

„Nein, d a f ü r kannst du nichts, Petra-Ulrike“, sagte die Mutter langsam.

Putzi zuckte zusammen. Wenn Mutter „Petra-Ulrike“ sagte, wurde es ernst.

„Ich bin hingefallen“, sagte sie trotzig.

„Bist du wieder auf einen Baum geklettert?“ fragte die Mutter streng.

Putzi senkte den Kopf und schielte, halb ängstlich, halb trotzig, zu ihr auf. Ihre Mutter mochte es nicht, daß sie auf Bäume kletterte, aber sie, Putzi, mochte es um so lieber.

„Es war so langweilig“, murrte sie. Auf einmal lächelte sie. „Aber als ich auf dem Baum saß, war es gar nicht mehr langweilig.“ Und dann erzählte sie ihrer Mutter, wie sie den Bauern mit der Trompete erschreckt und sich mit der Meise unterhalten habe.

Als Putzi geendet hatte, war die Mutter wieder halb versöhnt. „Das Fliegen überlaß besser den Vögeln", sagte sie, „und das Klettern den Buben, Putzi."

Putzi strahlte sie an. Sie hatte nicht mehr „Petra-Ulrike" gesagt. Obwohl – obwohl das mit dem Klettern gar nicht nett war. Aber mit Erwachsenen durfte man das nicht so genau nehmen. Die waren manchmal komisch.

Als Putzi im Bett lag, drückte sie ihre Lieblingspuppe Alexander an sich und flüsterte ihr ins Ohr:

„Warst du traurig, daß du heute allein geblieben bist? Das nächste Mal nehm' ich dich bestimmt mit. Aber das siehst du doch ein, daß du auf einem Baum nichts zu suchen hast. Stell dir doch bloß vor, du fielest herunter. Dann wär' dein Kopf ab. Das geht doch nicht, gell?"

Nein, das ging nicht. Alexanders Kopf war ohnehin recht wackelig. Und eine Schönheit war er auch nicht, der Alex. Er war die älteste Puppe von allen, die Putzi hatte.

„Alexander", sagte Putzi am nächsten Morgen, „heute kommst du mit in die Schule. Freust du dich?"

Sie strich ihm über das borstige Haar. Da sah sie, daß sein Kopf noch mehr wackelte als sonst. „Er soll doch seinen Kopf nicht verlieren", dachte Putzi erschrocken. Sie riß ihre Schublade auf und nahm einen bunten Wollschal heraus. Den band sie Alexander um den Hals und befestigte ihn mit Sicherheitsnadeln. Nun saß der Kopf fest.

Als Putzi gefrühstückt hatte, packte sie ihre Schultasche. Dann klemmte sie Alexander unter den Arm und marschierte los. Die anderen Puppen, die „Mama" schreien und die Augen rollen konnten, blieben zurück. Die wurden von allen bewundert, aber der arme Alexander wurde immer ausgelacht. Deshalb sah er wohl so traurig aus. Aber nun kam er mit in die Schule. Sicher würde er da nicht mehr traurig sein.

In der Klasse legte ihn Putzi ins Pult. Niemand wußte,

daß er da war. Die Lehrerin nicht, und die Schülerinnen auch nicht. Aber als die Schule aus war, nahm Putzi ihren Alexander auf den Arm. Er sollte auf der Straße etwas sehen. Sabine ging neben ihr her. Sabine war Putzis Freundin, weil sie – fast immer – alles tat, was Putzi wollte.

„Was hast du denn da?" fragte Sabine. „Warum nimmst du das komische Dings mit?"

„Das ist kein komisches Dings", erwiderte Putzi böse. „Das ist Alexander."

Da hatte Fritz Alexander erspäht.

„Schwarze Beine
wie die Schweine,
und 'nen Affen
wie die Laffen",

sang er hinter ihr her. Putzi blieb stehen. Ihre grünen Augen funkelten.

„Alexander ist kein Affe", schrie sie, außer sich vor Wut.

Aber diesmal lief Fritz nicht davon. Er war ja im Kreis seiner Klassenkameraden. „Guckt euch doch den Kerl an", höhnte er. Und die anderen Buben johlten.

„Da, nimm Alex", flüsterte Putzi, drückte Sabine die Puppe in den Arm und ging auf Fritz los. Und sogleich entbrannte eine Keilerei. Einmal lag Fritz oben, einmal Putzi.

Plötzlich hielt ein Auto neben ihnen. Und wer stieg aus? Kein anderer als Dr. Koll, Putzis Vater. Fritz hatte es kaum gesehen, als er Reißaus nahm und um die Ecke flitzte.

Putzi aber blieb mit gespreizten Beinen stehen und sah ihren Vater an. „Schämst du dich gar nicht?" fragte der Vater.

Putzi schüttelte den Kopf. „Nein."

„Steig ein", sagte er. Putzi stieg ins Auto. Sabine schlüpfte hinten hinein. Dr. Koll fuhr an. „Dich mit einem Jungen zu prügeln. So etwas! Du solltest dich schämen."

Da richtete sich Sabine hinten im Auto auf. „Fritz ärgert sie aber immer!“ rief sie.

„Was! Ist da noch eine von der Sorte?“ rief Dr. Koll.

„Ja“, sagte Sabine. „Unsere ganze Klasse hat sich gefreut, als Putzi es dem Fritz gegeben hat.“

„So.“ Putzis Vater lenkte das Auto in eine Nebenstraße und hielt vor seinem Hause an. „Und wer bist du?“ fragte er.

„Ich? Ich bin doch Sabine, Putzis Freundin.“ Sie machte die Tür auf und wischte hinaus.

„Fritz hat Alexander geärgert“, murrte Putzi, als sie mit ihrem Vater ins Haus ging.

Der warf einen Blick auf die Puppe. „Warum ziehst du nur immer mit deiner häßlichsten Puppe herum?“ fragte er ärgerlich. „Du hast doch viel schönere.“

„Aber Paps!“ Putzi blieb stehen und starrte ihn mit großen Augen an. Sie war entsetzt. Von ihrem Vater hatte sie mehr Verständnis erwartet. „Wenn du ein häßliches Kind hättest, das keiner leiden mag, hättest du es dann nicht auch am liebsten?“ fragte sie mit leiser Stimme.

„So ist das. Hm. Doch, Putzi, du hast recht.“ Er legte den Arm um sie. „Und weißt du, so häßlich ist der Alexander auch gar nicht.“

Sie strahlte ihn an. „Nicht wahr, Paps! Man muß ihn nur kennen.“

Nichts als Dummheiten

Putzi saß im Klassenzimmer und schrieb. Die anderen Schülerinnen waren längst gegangen. Putzi war ganz allein mit der Lehrerin. Sie mußte nachsitzen.

Sie war sehr traurig. Draußen schien die Sonne. Und überhaupt war es furchtbar ungerecht, daß sie nachsitzen mußte. Sie hatte doch nichts verbrochen. Sie hatte nur eine hübsche kleine Maus, die ihr im Schulhof direkt vor die Füße gelaufen war, mit in die Klasse genommen. Dann war es der Maus in dem dunklen Pult langweilig geworden. Sie war hinausgehuscht und in den Gang zwischen den Bänken gelaufen. Da hatten die Mädchen „Huh“ geschrien, und einige waren vor Angst sogar auf die Bänke gestiegen.

Putzi hob den Kopf. „Ich kann doch nichts dazu, wenn die blöden Mädchen vor einer niedlichen Maus Angst hoben“, sagte sie.

„Eine Maus gehört nicht ins Klassenzimmer“, erwiderte die Lehrerin streng.

„Aber ich mußte sie doch mitnehmen“, sagte Putzi. „Nach Haus durfte ich sie nicht bringen, weil ich sonst zu spät in die Schule gekommen wäre. Das darf man auch nicht. Nichts darf man!“

Die Lehrerin seufzte. „Was willst du denn mit einer Maus?“ fragte sie.

„Alexander hat einen dollen Schnupfen und muß zu Haus bleiben. Deshalb will ich ihm eine Maus mitbringen, damit er nicht so allein ist. Bestimmt freut er sich.“

Die Lehrerin sah jetzt ganz freundlich aus. „Alexander ist sicher dein Bruder?" fragte sie.

Putzi schüttelte den Kopf. Tränen stiegen ihr in die Augen und flossen die Bäckchen herunter. Putzi wischte sie mit dem Ärmel ab. „Ich will nicht heulen", dachte sie. Aber die Lehrerin hatte es doch bemerkt.

„Siehst du, Petra-Ulrike", sagte sie und legte ihr die Hand auf die Schulter. „Du kannst ganz gut schreiben, wenn du nur willst."

„Dürfen wir jetzt gehen?" fragte Putzi.

„Ihr?"

„Die Maus und ich."

Da lachte die Lehrerin und nickte.

Putzi nahm ihren Tornister mit der Maus und lief nach Haus.

Putzis Eltern hatten längst gegessen. Der Vater war schon fortgefahren, um einige Kranke zu besuchen. Aber die Mutter war da. Als Putzi ins Haus stürmte, kam sie in die Diele. „Wo warst du denn so lange?" fragte sie.

„Nachsitzen", sagte Putzi und lief in ihr Zimmer. Da hörte sie das Telefon schrillen. Das war gut. Nun konnte die Mutter nicht nachkommen.

„Ich hab' dir etwas mitgebracht, Alex", sagte Putzi, nahm die Maus aus ihrem Tornister und legte sie neben Alexander aufs Bett. Einen Augenblick blieb die Maus sitzen und betrachtete erstaunt die fremde Umgebung. Dann huschte sie über die weiße Bettdecke.

Die Tür ging auf, und die Mutter kam ins Zimmer. Sie hatte schelten wollen, da sah sie die Maus vom Bett auf den Boden klettern. Und schon hatte sie sich unter dem Kleiderschrank verkrochen.

„Ist sie nicht niedlich, Mutti?" fragte Putzi. „Hast du ihre Äuglein gesehen? Richtige Knopfaugen hat sie, nicht?"

„Schrecklich", stöhnte die Mutter. „Jetzt haben wir auch noch Mäuse."

„Nur eine", verbesserte Putzi. „Aber vielleicht bekommt sie Junge. Du, das wäre schön, Mutti, nicht? Dann hätten wir eine richtige Mäusefamilie."

„Hör auf." Ihre Mutter sah ärgerlich aus. „Eine Maus genügt. Ich möchte wissen, wie sie ins Haus gekommen ist. Wir haben doch noch nie Mäuse gehabt."

„Ich habe sie mitgebracht", erklärte Putzi stolz. „Wegen der Maus habe ich auch nachsitzen müssen." Und so kam alles heraus.

„Petra-Ulrike", sagte da ihre Mutter, als sie geendet hatte. „Nichts als Dummheiten hast du im Kopf. Geh in die Küche. Das Essen steht auf dem Herd."

Putzi ließ den Kopf hängen und ging in die Küche. Aber sie war viel zu traurig zum Essen. Sie schob den Teller zurück und lauschte. Im Haus war alles still.

Wo nur die Mutter blieb? Da ging eine Tür. Jetzt war die Mutter nebenan in der Vorratskammer. Ein furchtbarer Gedanke durchfuhr Putzi. In der Vorratskammer waren Mausefallen! Die Mutter würde doch nicht –?

Putzi sprang auf und stürzte in die Vorratskammer.

„Nicht! Nicht!" rief sie und fiel der Mutter in den Arm. „Keine Falle, Mutti, bitte nicht! Ich will die Maus wieder fangen und nach draußen bringen."

Aber das war leichter gesagt als getan. Und nach einer Stunde sah Putzis Schlafzimmer so aus, als hätten Räuber dort gehaust. Nichts stand auf dem richtigen Platz.

Schließlich glückte es Putzi nach einer wilden Jagd, die Maus beim Schwanz zu fassen. Dann nahm sie sie vorsichtig in die Hand und trug sie hinaus. Aber nicht in den Garten. Dort hätte man sie ja wieder fangen können!

Putzi wußte etwas Besseres. Sie marschierte mit der

Maus in der Hand durchs Städtchen, bis sie an den letzten Häusern vorbei war. Dort sprach sie noch einmal auf das Mäuschen ein.

„Es tut mir schrecklich leid“, sagte sie. „Aber ich konnte nicht anders. Mutti ist manchmal komisch. Auf Wiedersehen.“

Sie setzte das graue Mäuslein in ein Feld. Und husch, husch – war es auf und davon.

Putzi lief nach Haus zurück und räumte ihr Zimmer auf. Danach wurde es Zeit, Schularbeiten zu machen. Und diesmal gab sich Putzi große Mühe. Die Erwachsenen sollten nicht immer etwas an ihr auszusetzen haben. Sie war es leid, gründlich leid. Fast hätte sie wieder geweint. Die Tränen stiegen ihr schon wieder auf. Da schluckte sie ein paarmal heftig und dann waren die Tränen tiefer gerutscht. Es war ein ganz komisches Gefühl. Putzi stand auf und ging zu Alexander.

„Nicht mal 'ne Maus darf man haben“, klagte sie ihm. Dann nahm sie ihn aus dem Bett. „Weißt du was? Wir gehen jetzt zum Springbrunnen.“

Putzi lief mit Alexander im Arm aus dem Haus. Das Bekken war jetzt voll Wasser. Trotzdem kam es Putzi leer vor. Im Wasser müßten doch Tiere sein.

„Keine Goldfische“, murmelte sie. „Noch nicht einmal Frösche.“ Mit einem Male lachte sie fröhlich. „Morgen sollen Frösche herkommen!“

Putzi blickte auf. Ein Buchfink zwitscherte im Nußbaum. Gut, daß wenigstens Vögel da waren. Aber die Zweige im Nußbaum begannen so hoch oben, daß man nicht hinaufklettern konnte. Und so waren die Vögel immer so weit weg.

„Putzi“, rief ihre Mutter aus dem Küchenfenster. „Zeit zum Abendessen!“

Schon? Der Nachmittag war aber rasch vergangen. Putzi ging ins Haus und wusch sich. Dann erschien sie pünktlich zum Abendessen. Sie hatte sich auf Paps gefreut. Aber Paps war nicht da. Nun mußte sie mit der Mutter allein essen.

Putzi nahm sich vor, überhaupt nicht mit ihrer Mutter zu sprechen. Sie hatte ja die arme Maus in eine Falle locken wollen. Aber dann sagte Mutter etwas, was Putzi alle Vorsätze vergessen ließ: „Hast du schon daran gedacht, daß du bald Geburtstag hast?“ So eine Frage? Als ob man den eigenen Geburtstag vergessen könnte!

„Kar“, sagte Putzi und nickte. „In zehn Tagen.“

„Und was wünschst du dir?“

„Einen Seehund“, erwiderte Putzi, sprang auf und umarmte ihre Mutter stürmisch. „Bitte, bitte, Mutti, schenk mir doch einen Seehund. Seehunde sind viel netter als Mäuse. Und er kann im Becken schwimmen.“

Die Mutter strich ihr übers Haar. „Das Becken ist zu klein für einen Seehund.“

Das leuchtete Putzi ein. Sie nickte. „Schade“, sagte sie. „Ich hätte so gern einen gehabt.“

„Was wünscht du dir sonst, Putzi?“ fragte die Mutter.

„Ein neues Brüderchen“, erwiderte Putzi verträumt. „Kann auch ein Schwesterchen sein.“

Da schob die Mutter sie sanft zur Seite, stand schweigend auf und räumte den Tisch ab. Putzi half ihr. Vor dem Haus hielt ein Auto. Kurz darauf wurde die Haustür aufgeschlossen, und der Vater kam ins Zimmer.

„Nanu“, sagte er kurz. „Putzi noch nicht im Bett?“

Putzi sah ihn mit großen Augen an.

„Immer wenn ich mir ein neues Brüderchen wünsche oder ein Schwesterchen, gibt Mutti mir keine Antwort“, sagte sie.

Sie lief ins Badezimmer, putzte sich die Zähne und gurgelte. Dann streckte sie ihrem Spiegelbild die Zunge heraus. „Bäh!" Das war besser als weinen. Obwohl ihr viel mehr nach Weinen zumute war. Im Bett schloß sie Alexander in die Arme und fühlte sich schrecklich allein.

Doktor Koll war müde. Viele Menschen waren zu ihm ins Sprechzimmer gekommen, und viele hatte er besucht. Er setzte sich in den Sessel und streckte die Beine aus. Frau Koll erzählte ihm alles von Putzi, von der Maus und dem Nachsitzen angefangen bis zu ihrem Wunsch nach einem Seehund.

„Nun ja", sagte er, als sie geendet hatte. „Putzi ist einsam."

Danach sagten beide kein Wort mehr. Aber beide dachten an das Brüderchen, das Putzi gehabt hatte.

Es war vor einem Jahr gestorben.

Putzi sammelt alle Tiere

In der Nähe des Städtchens lag bei einem Bauernhof ein Teich. Weiden umstanden ihn, und den ganzen Tag lärmten die Enten am Wasser. Enten mochte Putzi gern. Deshalb ging sie an einem Nachmittag im Frühling zum Teich. Sabine war bei ihr.

„Ich möchte mir eine Ente für unser Wasserbecken mitnehmen", sagte Putzi.

„Nein!" rief Sabine aufgeregt. „Das darfst du nicht. Sie gehören doch dem Bauern."

„Vielleicht leiht er mir eine", meinte Putzi.

Aber Sabine lachte sie aus. Putzi drehte ihr beleidigt

den Rücken zu und ging am Rande des Teiches weiter. Plötzlich blieb sie stehen. „Sabine!“ schrie sie. „Komm sofort her!“ Sabine kam angelaufen. Und dann sah auch sie es. „Oh!“ machte sie. „Enteneier.“

Putzi beugte sich über die neun glänzenden, grünlichen Eier. Sie lagen nahe am Ufer in einer Mulde. Rings um die Mulde war Laub und Schilf aufgehäuft.

„Das hat die Entenmutter getan“, sagte Putzi. „Sie hat die Mauer gebaut, domit kein Feind die Eier stiehlt.“ Sie begann vor Freude zu hüpfen. „Bald gibt es Entenkinder“, jubelte sie. „Du, das ist aber unser Geheimnis, Sabine. Du darfst es keinem verraten. Versprich es mir!“

„Ehrenwort“, sagte Sabine und machte ein feierliches Gesicht.

Da sah Putzi etwas Grünes durch das Gras hüpfen. Ein Frosch! Sie riß sich ihr buntes Halstuch ab, packte den Frosch vorsichtig und legte ihn ins Tuch.

„Iii!“ machte Sabine. „Was willst du damit?“

„Ich sammle jetzt Frösche“, erklärte Putzi. „Ich will bei unserm Wasserbecken einen Tiergarten haben.“

Sabine setzte sich ins Gras. Sie mochte keine Frösche. Und als sie sah, wie Putzi nicht nur Frösche fing, sondern auch zwei schleimige Schnecken, guckte sie rasch weg.

„Schnecken machen noch mehr Spaß“, erklärte Putzi eifrig. „Sie können nämlich Namen kriegen. Ich male einen roten und einen blauen Kreis auf ihre Häuschen. Und dann nenne ich die rote Amanda und die blaue Theodora.“

„Amanda ist aber kein schöner Name“, sagte Sabine.

„Ist er wohl.“ Putzi stampfte mit dem Fuß auf. Theodora war vielleicht kein schöner Name, denn sie hatte eine Tante, die so hieß und die sie nicht mochte. „Ich geh' jetzt nach Haus“, sagte sie. Sabine wunderte sich, daß Putzi schon fort wollte.

Putzi trug ihr Tuch vorsichtig mit beiden Händen. Sie hatte es fest verknotet, damit kein Frosch und keine Schnecke ausreißen konnte.

„Jetzt brauche ich noch Fische“, sagte sie nach einer Weile träumerisch.

„Fritz hat ein Aquarium mit Goldfischen“, erwiderte Sabine.

„Pah, Fritz!“ Putzi runzelte die Stirn. Aber der Gedanke ließ sie nicht los. Und während sie zu den blauen Vorbergen der Schwäbischen Alb aufblickte, sah sie immer Fritz' Goldfische vor sich. „Ob er mir wohl für einen Frosch einen Goldfisch gibt?“ fragte sie nach einer Weile.

„Kann sein“, sagte Sabine. Sie waren wieder im Städtchen. „Kommst du mit zu uns?“ fragte Putzi.

„Hm“, machte Sabine. „Ich will sehen, ob die Frösche und Schnecken gern bei dir sind.“

„Fein!“ rief Putzi. „Aber wir müssen ganz leise sein, damit es niemand hört. Mutti ist manchmal komisch. Sie mag keine Mäuse, vielleicht mag sie Frösche und Schnekken auch nicht.“

Leise gingen die Mädchen durch den kleinen Vorgarten zur Haustür. Die Tür war offen. Sie schlichen auf Zehenspitzen durch die Diele in Putzis Zimmer.

Putzi durchwühlte ihre Schubladen. Schließlich hatte sie ihre Buntstifte gefunden. Dann mußte Sabine die beiden Schnecken halten, was sie gar nicht gern tat. Und Putzi malte einen roten Kreis auf das eine und einen blauen Kreis auf das andere Häuschen. Den Schnecken gefiel das nicht. Sie hatten sich so in ihre Häuschen verkrochen, daß man sie gar nicht mehr sah.

Putzi nahm einen Bogen Papier und malte darauf:

Rot = Amanda
Blau = Theodora

„Warum schreibst du dir das auf?“ fragte Sabine erstaunt.

„Weil ich noch viel, viel mehr Schnecken haben will“, erklärte Putzi mit hochrotem Gesicht. „Später kann ich sie nicht mehr auseinanderhalten. Wenn man etwas tun muß, soll man es sofort tun.“

„Das sagt die Lehrerin auch immer“, rief Sabine.

„Ja, aber die meint doch nur die Schularbeiten damit.“

Putzi nahm ihr Halstuch in die Hand und öffnete die Tür. Das Tuch zappelte, als sei es lebendig. Putzi lugte in die Diele. „Komm“, flüsterte sie und faßte Sabine an der Hand. Dann huschten die Mädchen über die Diele in die Küche und durch den Hintereingang in den Garten. Beim Becken setzte Putzi die Frösche und die Schnecken auf den Rasen. Die Frösche hüpften sofort davon.

Die Schnecken aber schoben die Köpfe aus dem Häuschen und betasteten die fremde Umgebung mit ihren Fühlern.

„Ich möchte auch wohl ’ne Schnecke sein und mein Haus auf dem Rücken tragen“, sagte Putzi nachdenklich. „Ist praktisch, nicht? Wenn man etwas nicht mag, verkriecht man sich einfach ins Häuschen, und keiner kann mit einem schimpfen.“ Sie blickte Theodora nach, die langsam durch das Gras kroch. Amanda jedoch rührte sich nicht vom Fleck.

„Sie will bei mir bleiben“, jubelte Putzi. Sie zog die Sandalen und Socken aus und ging ins Wasser. „Komm doch auch!“ rief Putzi.

Aber Sabine schüttelte den Kopf. Da spritzte Putzi sie naß, und Sabine flüchtete schleunigst unter den Nußbaum.

„Feigling! rief Putzi. Das ärgerte Sabine. Und es dauerte nicht lange, da planschte auch sie im Becken. Danach

spielten sie Fangen auf dem Rasen, um wieder warm zu werden. Plötzlich blieb Putzi stehen. „Wo ist Amanda geblieben?" fragte sie. Von der Schnecke mit dem roten Kreis war nichts mehr zu sehen.

„Ist auch egal", murmelte Putzi. „Sie ist neugierig und will alles untersuchen. Täte ich auch." Sie starrte auf das Wasserbecken. „Ob ich Fritz zu meinem Geburtstag einlade?"

„Fritz?" Sabine sah Putzi verdutzt an. Wie kam sie plötzlich auf Fritz?

„Oh, ich weiß, was ich mache", sagte Putzi. „Ich schicke ihm eine selbstgemalte Einladung. Und du mußt ihm sagen, es gäbe ganz viel Kuchen und er könnte so viel essen, wie er nur wollte. Dann kommt er bestimmt. Und dann sagst du ihm, er solle aber einen Goldfisch mitbringen als Geburtstagsgeschenk."

Sabine kratzte sich den Kopf. „Ja", sagte sie dann.

„Du, und dann sammeln wir immer mehr Tiere. Und wenn wir einen ganzen Haufen beisammen haben, male ich ein Schild. Und das hänge ich an der Pforte auf. Und weißt du, was auf dem Schild stehen soll?"

„Nee", sagte Sabine.

„Ist doch ganz einfach. ‚Tiergarten Putzi Koll' steht darauf. ‚Eintritt 10 Pfennig'. Na, was sagst du nun?"

„Hm", machte Sabine, „aber ich muß jetzt gehen."

Putzi ging über den Rasen auf das Haus zu. Kurz vor der Haustür erblickte sie Amanda.

„Als ob sie auf mich gewartet hätte", dachte Putzi und murmelte: „Putzi Kolls Tiergarten." Ah, das klang gut! Sie ging ins Haus.

Als Putzi den Tisch gedeckt hatte, kam auch der Vater, und die Mutter trug das Essen auf. Putzi war ausnahmsweise still, doch ihre Augen leuchteten.

„Worüber freust du dich denn so, Putzi?“ fragte der Vater.

„Ach, nur so“, erwiderte Putzi und lachte leise.

Wenn ihr Tiergarten erst berühmt sein würde, dann könnte auch die Mutter nichts mehr dagegen haben. Dann kämen die Leute von nah und fern und bestaunten ihre Tiere. Und alle müßten Eintritt bezahlen.

Aber erst müßten natürlich noch viel mehr Tiere her, nicht nur Frösche und Schnecken. Dafür bezahlte niemand Eintrittsgeld. Nein – Hasen müßten her und Kaninchen und Eichhörnchen und vielleicht ein Reh.

Aber die waren sicher schwer zu fangen.

Das kleine Lämmchen Sabine

Putzi ging nicht sehr gern in die Schule. Das Stillsitzen fiel ihr schwer. Und an diesem Morgen fiel es ihr besonders schwer; denn sie mußte immer an ihren Tiergarten denken. Sie zählte an den Fingern auf, was für Tiere sie noch brauchte. Schade, daß sie keine Mäuse haben durfte. Mäuse waren doch allerliebst. Putzi rutschte unruhig auf ihrem Sitz hin und her.

„Kannst du nicht stillsitzen, Putzi?“ fragte die Lehrerin streng. „Doch“, sagte Putzi „aber ich tu es nicht gern.“

Als sie sah, daß die Lehrerin sie ganz böse anschaute, tat sie es aber doch. Dafür rutschte sie beim Mittagessen zu Haus um so mehr hin und her. Aber die Mutter bemerkte es anscheinend gar nicht.

„Es sind mit einmal so viele Frösche im Garten“, sagte sie.

Der Vater zuckte die Achseln. „Nun ja, es ist Frühling."

„Aber wir haben doch noch nie Frösche gehabt", fuhr die Mutter fort. „Und Schnecken habe ich auch gesehen."

„Das sind harmlose Tiere", erwiderte der Vater.

„Harmlos?" Die Mutter sah ärgerlich aus. „Sie fressen unseren Salat und unser Gemüse."

„Ich wünsch' mir eine Ente zum Geburtstag", murmelte Putzi.

„Eine Ente braucht einen großen Teich", erwiderte ihr Vater.

„Dann einen Hund", sagte Putzi hoffnungsvoll.

„Hunde haben Würmer", antwortete ihre Mutter.

Das war zuviel für Putzi. Sie lief hinaus und schmetterte die Tür hinter sich zu. Jetzt freute sie sich kein bißchen mehr auf ihren Geburtstag.

Der nächste Tag war ein Sonntag. Am Morgen ging Putzi mit ihren Eltern in die Kirche.

Putzi war musterhaft brav, bewegte lautlos die Lippen und betete.

„Bitte, lieber Gott", betete sie, „mach doch, daß ich ein Tier kriege zum Geburtstag. Bitte, bitte! Du weißt doch, daß ich sie ganz furchtbar gern mag. Und mach doch bitte, daß auch Mutter Tiere gern hat. Dann will ich auch immer ganz artig sein."

Putzi runzelte die Stirn, so angestrengt dachte sie nach. Denn jetzt mußte sie dem lieben Gott etwas versprechen, damit er ihren Wunsch erfüllte. Einfach zu sagen, daß man ganz artig sein wollte, das genügte doch nicht. Mit einmal lächelte Putzi.

„Ich will auch Mutti wohl eine ganze Woche beim Abtrocknen helfen", flüsterte sie so laut, daß die Mutter es hörte. „Und ich will auch nie mehr zu spät nach Haus kommen und –"

Da stieß ihre Mutter sie an. „Pscht!“ machte sie und legte den Finger auf die Lippen.

„Aber ich bete doch“, sagte Putzi entrüstet.

Dann schlug sie die Hände vors Gesicht und betete leise weiter. Sie versprach dem lieben Gott noch sehr viel, wenn er ihr dafür nur ein Tier erlauben würde.

„Aber ein großes Tier, mit dem man spielen kann wie mit einem Hund. Die anderen, die kleinen, die kann ich mir selbst besorgen.“

Putzi schluckte und spähte zwischen den Fingern zur anderen Seite hinüber, wo Fritz saß. „Ich will auch ganz nett zu Fritz sein“, betete sie, „gleich nach der Kirche.“ Puh! Gut, daß das heraus war. Putzi fühlte sich von einer Last befreit. Als dann der Gottesdienst vorbei war, ging Putzi als erste aus der Kirche. Vor dem Portal blieb sie stehen und blickte gespannt auf die vielen Menschen. Ah, da kam ja Fritz.

„Morgen, Fritz!“ sagte sie atemlos. „Ich wollte dir nur sagen, daß deine Haare gar nicht verwaschen aussehen. Sie sind eigentlich sogar ganz hübsch.“ Bevor er antworten konnte, hatte sie sich schon umgedreht und lief zurück. Fritz blieb wie angenagelt stehen und sah ihr verdutzt nach. Er sah ganz dumm aus, und zum erstenmal in seinem Leben wußte er nichts zu sagen.

Inzwischen war Putzi bei ihren Eltern angekommen. „Du warst aber heute brav in der Kirche“, sagte die Mutter und legte den Arm um sie. Putzi schmiegte sich an sie und sah mit leuchtenden Augen zu ihr auf. „Ich habe dem lieben Gott ganz viel versprochen“, flüsterte sie.

„Hoffentlich hältst du es auch“, erwiderte die Mutter. Putzi nickte heftig.

Paps lächelte. „Sollen wir dem artigen Mädchen jetzt verraten, was wir vorhaben?“

„Au ja!“ rief Putzi. Ihr Herz klopfte. Sollte der liebe Gott ihren sehnlichsten Wunsch so schnell erfüllt haben?

Da fuhr der Vater fort: „Wir fahren heute zu den Großeltern.“ Putzi war enttäuscht. „Ach so“, murmelte sie. „Weiter nichts.“

„Nanu“, wunderte sich der Vater. „Du bist doch sonst so gerne da.“

„Ja, das schon“, sagte Putzi gedehnt. Und mehr war aus ihr nicht herauszubekommen. Denn das andere ging ja nur den lieben Gott und sie etwas an.

Als sie aber dann am Nachmittag ins Auto stiegen, freute sich Putzi doch. Sie durfte vorn neben Paps sitzen. Und es gab so viel zu sehen. Die Straße führte durch hügelige Wiesen mit Bäumen, auf denen Vögel saßen. Und rechts war ein steiler Berg neben dem anderen. Das waren die Vorberge der Schwäbischen Alb. Putzi zeigte sie Alexander, der natürlich auch dabei war.

Putzi sah zu den Bergen auf und seufzte. „Ich wollte, ich wäre schon groß“, murmelte sie. Die Alb erschien ihr verlockend und geheimnisvoll.

Aber es dauerte nicht mehr lange, da dachte sie nicht mehr an die Alb. Vor sich sah sie den Bauernhof ihrer Großeltern liegen. Da machte ihr Herz einen Satz vor Freude. Und wenn man sich so freut, ist es gut, eine Trompete zu haben. Auch wenn es nur eine gewöhnliche Blechtrompete ist.

„Tätärätätä!“ schmetterte die Trompete.

Die Mutter auf dem Rücksitz hielt sich die Ohren zu. Der Vater hätte sich auch gern die Ohren zugehalten, aber das konnte er nicht. Seine Hände durften das Lenkrad nicht loslassen. So fuhren sie mit „Tätärätä“ auf den Hof. Die Großeltern liefen aus dem Haus und lachten übers ganze Gesicht.

Putzi sprang aus dem Auto, in der einen Hand die Trompete, in der anderen Alexander. Sie umarmte die Großeltern und gab ihnen einen Kuß. Dann mußte Alexander sie begrüßen.

„Wir haben uns so auf euch gefreut“, sagte die Omi.

Sie hatte ein runzeliges Gesicht. Das kam von der vielen Arbeit auf einem Bauernhof. Wenn die Omi lachte, lachten die Runzeln immer mit. Das sah ulkig aus. Putzi mußte immer wieder darüber staunen. Und sie lachte eigentlich immer, die Omi. Der Opa nicht, der war ernster. Aber nett war er auch, Putzi mochte sie beide schrecklich gern.

Die Eltern gingen mit Opa und Omi ins Haus. Aber Putzi mußte erst in den Stall, um die Tiere zu begrüßen. Im Stall war es immer interessant. „Grüß Gott, Trinle“, sagte Putzi und streichelte die Kuh. Trinle ließ es sich gern gefallen, daß das kleine Mädchen ihr breites Maul streichelte.

„Hab' ich mir doch gedacht, daß du mich wiedererkennst“, sagte Putzi glücklich. Trinle mochte sie am liebsten. Deshalb redete sie länger mit ihr als mit den anderen Kühen und dem Ochsen.

Zum Schluß begrüßte sie das Pferd Anton. „Wenn ich groß bin, reite ich auf dir“, sagte sie und strich ihm über die Nüstern. Das Pferd schnaufte. „Ich wollte, ich könnte dich mitnehmen“, murmelte Putzi „Ich mag dich so gern leiden. Du mich auch?“

Als das Pferd keine Antwort gab, öffnete Putzi die Box und ging hinein. Da stand sie nun neben dem Pferd Anton und blickte zu ihm auf. Wie groß es war! Das hatte sie ganz vergessen. Schade, nun konnte sie Anton nicht einmal umarmen. Sie war zu klein.

Putzi stellte sich auf die Zehenspitzen und streichelte den Hals des Pferdes. Der war weich und warm. Anton zitterte ein bißchen. Dann beugte er den Kopf und sah Putzi mit seinen großen, ein wenig feucht schimmernden Augen an.

Da hörte sie den Großvater rufen: „Putzi! Wo steckst du denn?“

„Hier, Opi! Bei Anton!

Eilige Schritte ertönten, die Stalltür wurde aufgerissen, Opi kam herein und zerrte Putzi aus der Box. „Anton ist böse“, sagte er. Putzi sah ihn erstaunt an und schüttelte lachend den Kopf. „Zu mir ist er lieb“, sagte sie.

Aber der Großvater nahm sie an der Hand und ging mit ihr aus dem Stall hinaus. In der Wohnzimmertür stand die Großmutter. Und auch sie sah ängstlich aus. „Hast du uns einen Schrecken eingejagt, Putzi“, sagte sie. „Anton ist schon alt. Und alte Pferde sind zu Unbekannten oft böse.“

Putzi schob die Unterlippe vor. „Anton kennt mich doch“, erwiderte sie verwundert.

„Setz dich zu uns“, forderte die Mutter sie auf. „Omi hat einen herrlichen Kuchen gebacken.“

Putzi setzte sich zu ihnen. Sie aß und aß, bis sie nicht mehr konnte. Dann gingen sie alle zusammen aus dem Haus und schlugen einen Pfad zwischen den buckligen Wiesen ein. Nach einer Weile stieg der Pfad an und führte auf halber Höhe weiter. Da sahen sie links ganz weit ins Land hinein, und rechts waren bewaldete Berge.

Omi faßte Putzi an der Hand und ging mit ihr voran.

„Kannst du mir nicht ein Schaf schenken zum Geburtstag, Omi?“ fragte Putzi.

Aber die Großmutter enttäuschte sie. „Ein Schaf würde bei euch im Garten nicht genügend zu fressen finden“, erklärte sie. „Zudem ist das Schaf ein Herdentier. Und bei euch würde es sich ganz verlassen vorkommen ohne die Herde. Dann wäre es traurig.“

„So“, sagte Putzi. „Dann will ich kein Schaf zum Geburtstag.“

Plötzlich jubelte sie laut, riß sich von der Großmutter los und stürmte davon. Sie hatte die vierzig oder fünfzig Schafe erblickt, die am Hang grasten. Rings um die Schafe war eine Art hölzerner Zaun.

„Ein Schafgarten!“ schrie Putzi und kletterte über das Gatter.

Da stand sie nun inmitten der vielen Schafe. Aber es waren nicht nur Schafe, es waren auch Lämmer darunter. Blökende kleine Lämmer, die etwas stöckerig und hilflos dastanden. Putzi bückte sich und umarmte ein Lämmchen.

„Du bist reizend“, murmelte sie. „Ich mag dich furchtbar gern.“ Da waren ihre Eltern mit dem Großvater angekommen. Sie stellten sich ans Gatter und sahen die Herde an. Putzi hielt noch immer das kleine Lämmchen umarmt.

„Du bist ganz goldig“, flüsterte sie ihm zärtlich ins Ohr.

„So gern magst du es?“ fragte da die Großmutter. „Dann soll es dein Lämmchen sein.“

Putzi sprang auf. Ihre grünen Augen leuchteten vor Freude. „Oh, Omi“, stieß sie hervor. Sie war so glücklich, daß sie nichts mehr sagen konnte. Jetzt hatte sie ein eigenes Lämmchen. Sie wußte, daß sie es nicht mitnehmen konnte. Das Lämmchen mußte bei der Herde bleiben. Trotzdem gehörte es ihr. Das war ein herrliches Gefühl.

Das Lämmchen war zu seiner Mutter gelaufen und schmiegte sich an sie.

„Macht nichts“, murmelte Putzi. „Es ist doch mein Lämmchen. Wie sollen wir es nennen? Oh, ich weiß, wir nennen es Sabine die Zweite.“

„Warum?“ fragte ihr Vater.

Putzi sah ihn erstaunt an. „Findest du nicht, daß Sabine Ähnlichkeit mit einem Lämmchen hat, Paps?“ fragte sie.

„Und außerdem ist sie meine beste Freundin, und das Lämmchen wird meine zweitbeste. – Nun müssen wir es aber oft besuchen, nicht? Und – bitte, Omi! – es muß eine blaue Halsschleife kriegen. Tust du ihm eine blaue Halsschleife um?"

„Gleich morgen", versprach die Omi.

Als Putzi mit ihren Eltern zurückfuhr, redete sie ununterbrochen, so aufgeregt war sie. Mit einem Male brach sie mitten im Satz erschrocken ab. Hoffentlich hatte sie das Lämmchen nicht dem lieben Gott zu verdanken. Das mußte ja bei der Herde bleiben. Und sie wollte doch ein Tier ganz für sich allein.

Der Geburtstags-Goldfisch

Putzis Geburtstag war da! Als sie aus der Schule kam, war der Tisch festlich gedeckt. Ihre Mutter stand davor und zündete acht Kerzen an, für jedes Lebensjahr eine. Die Kerzen steckten in einem bunten Kuchen, der ganz mit Marzipan überzogen war.

Zwei Paar knallbunte Socken lagen auf dem Tisch. Die gefielen ihr, und Socken konnte sie gut gebrauchen, weil sie so viele zerriß. Aber das Kleid, das schicke Sommerkleid, jagte ihr einen Schrecken ein. Neue Kleider mochte sie nicht, weil man sich in ihnen so in acht nehmen mußte. Und nun lag ein neues Kleid auf dem Geburtstagstisch.

Putzi krauste die Nase. Wo war denn das Tier? Sie guckte unter den Tisch. Nichts!

„Kein Hund?" fragte sie zaghaft.

„O Putzi, du bist undankbar. Du hast ein so schönes

Kleid bekommen." Putzi faßte es mit den Fingerspitzen an. „Viel zu schön", murmelte sie.

Nachmittags saß Putzi inmitten vieler kleiner Jungen und Mädchen um den Tisch im Garten. Sie trug ihr neues Kleid und war gar kein bißchen froh. Der einzige Trost war der Goldfisch, der im Glas vor ihr auf dem Tisch stand. Fritz hatte ihn ihr gebracht. Sabine hatte ihr eine Gummi-Ente geschenkt. Die war auch ganz nett, aber eine lebende Ente wäre viel, viel besser gewesen.

Die Buben und die Mädchen plapperten alle durcheinander. Und zwischendurch konnten sie noch essen und trinken. Und wie! Immer wieder legte Putzi Kuchen auf die leeren Teller und goß Kakao ein. Dann stand sie auf, nahm das Glas und kippte den Goldfisch ins Wasserbekken im Garten.

„Er heißt jetzt Arthur", erklärte Putzi.

Dann spielten sie Blindekuh. Das machte allen Spaß,

und Putzi vergaß ihren Kummer. Als sie das Spiel nach einer Weile leid wurden, ging die ganze Schar durch den Gemüsegarten und weiter in das angrenzende Wäldchen.

„Los, jetzt spielen wir Verstecken!“ rief Fritz, und alle stimmten zu. Putzi zeigte Sabine ein Versteck im dichten Gebüsch, wo sie sich hinkauerten. Es war ein so gutes Versteck, daß sie überhaupt nicht gefunden wurden. Schließlich wurde es ihnen zu langweilig, und sie kamen wieder zum Vorschein. „Jetzt versteckt ihr euch“, sagte Putzi, „und ich suche euch.“

Die Buben und Mädchen stoben nach allen Seiten auseinander. Putzi blieb, das Gesicht an einen Birkenstamm gelehnt, stehen. Erst als nichts mehr zu hören war, hob sie den Kopf und spähte lauschend in die Runde. Dann schlich sie leise los. Und ihr gelang es, in kurzer Zeit alle Jungen und Mädchen aufzustöbern.

„Ich hab' keine Lust mehr“, sagte Anette, ein Mädchen mit blonden Zöpfen. „Putzi kennt alle Verstecke und wir nicht.“

„Gehen wir wieder zum Nußbaum“, schlug Putzi vor. Und dann liefen sie um die Wette zurück. Fritz kam als erster am Nußbaum an, Putzi war direkt hinter ihm.

„Ich möchte im Becken planschen“, sagte Anette.

Putzi schüttelte den Kopf. „Geht nicht.“

„Warum nicht?“ fragte Anette.

„Wegen des Goldfisches“, erklärte Putzi. „Er erschrickt sonst.“

„Kannst du nicht den Springbrunnen anstellen?“ fragte ein sommersprossiger Bub.

Putzi tat es, und eine Weile blieben sie alle vor dem Bekken stehen und bestaunten den Springbrunnen. Putzi stieß Fritz an. „Bald gibt's Entenkinder am Teich“, vertraute sie ihm an. „Aber nicht weitersagen.“

„Beim Teich vom Spatzenbäuerle?“ flüsterte Fritz. „Woher weißt du das?“

„Wir haben die Eier gesehen“, flüsterte Putzi ihm ins Ohr. „Gehen wir morgen nachschauen?“

Fritz nickte. Putzi zog Sabine zur Seite. „Morgen gehen wir mit Fritz zum Teich“, sagte sie leise. Sabine war erst etwas enttäuscht. Als sie aber hörte, daß Fritz nichts verraten würde, stimmte sie zu. Kurz darauf verabschiedeten sich die Kinder, und Putzi begleitete sie bis zur Straße. Einen Augenblick stützte sie die Ellenbogen auf den Zaun und sah ihnen nach. „Das war aber heute schön bei Putzi“, hörte sie ein Mädchen sagen, und Anette antwortete: „Die hat's gut. Wohnt in einem so großen Park. Und hast du das Kleid gesehen? Ich wollte, ich kriegte auch so ein Kleid zum Geburtstag.“

Putzi wandte sich ab. „Ich nicht“, murmelte sie. Neue Kleider waren gräßlich, und überhaupt hatte es Anette viel besser, denn sie hatte ein Brüderchen. Putzi seufzte und ging ins Haus.

„Nun? Habt ihr schön gefeiert?“ fragte der Vater.

„Ganz schön“, sagte Putzi. „Fritz ist jetzt mein Freund.“

„Großartig.“ Ihr Vater lachte. „Dann braucht man keine Angst mehr zu haben, daß du dich mit ihm prügelst.“

„Nee“, sagte Putzi. „Aber die Anette mag ich nicht. Sie hat ein Brüderchen und ist trotzdem neidisch.“

Putzi stützte beide Ellenbogen auf den Tisch. „Kein Tier“, grübelte sie. „Was sich der liebe Gott wohl denkt? Ob ich immer noch nicht artig genug gewesen bin?“ Putzi konnte es nicht verstehen.

Am nächsten Nachmittag ging Putzi mit Sabine und Fritz zum Teich.

„Guckt euch das an!“ schrie Fritz und blieb am Ufer stehen.

Die Kinder standen reglos und starrten auf die Entenschar, die etwas von ihnen entfernt angewatschelt kam. Die Entenmutter führte die Kleinen ins Wasser. Erst schienen sie ein wenig Angst davor zu haben. Aber bald schwammen sie tapfer hinter der Mutter her. Dann tauchte die Entenmutter; nun ragte nur noch ihr Hinterteil aus dem Wasser. Die Kleinen sahen aufmerksam zu. Dann hatten sie wohl begriffen; denn sie machten es genau wie die Alte.

„Jetzt suchen sie nach Fressen", erklärte Fritz.

„Was fressen sie denn?" fragte Putzi.

„Wasserpflanzen", erwiderte Fritz, „und Würmer und Mücken und Frösche."

„Nein!" schrie Putzi entsetzt und lief davon.

„Was hat sie?" fragte Fritz erstaunt.

Sabine zuckte die Achseln. „Vielleicht hat sie Angst um die Frösche. Sie sammelt sie nämlich für ihren Tiergarten."

Da kam Putzi zurück. „Drei Frösche gerettet!" verkündete sie mit leuchtenden Augen. „Und zwei Schnecken gefangen." Fritz sah sie an. „Du bist das erste Mädchen, das keine Angst vor Fröschen und Schnecken hat", sagte er. Putzi lachte stolz.

Dann ging sie allein zurück; denn ihre Tiere mußten rasch in den Garten. Zu Hause malte Putzi einen grünen und einen gelben Kreis auf die Schneckenhäuschen der Neuen.

Grün = Angelika
Gelb = Anastasia

schrieb sie auf. Und dann brachte sie die beiden zusammen mit den Fröschen in den Garten. Auf dem Rasen ließ sie sie laufen. Da kam ihre Mutter aus dem Haus, und Putzi lief ihr rasch entgegen. Hoffentlich hatte sie nichts gemerkt.

Aber nein! Sie war mit ganz anderen Dingen beschäftigt. Sie schwenkte einen Brief in der Hand. „Wir bekommen morgen Besuch", sagte sie. „Von Tante Theodora."

Putzi zog ein Schippchen. Die Tante mochte sie nicht. Sie war furchtbar streng. „Bleibt sie lange?" fragte sie.

„Das schreibt sie nicht", erwiderte die Mutter.

Putzi blickte sie prüfend an. „Du freust dich auch nicht", sagte sie. „Ich sehe es dir an."

„Ach was", erwiderte die Mutter. „Natürlich freue ich mich. Und du mußt ganz nett zu ihr sein, hörst du? Versprichst du mir das?"

Putzi seufzte. Wie konnte sie das versprechen? Versprechen mußte man doch halten. „Weiß nicht", erwiderte sie der Mutter.

„Petra-Ulrike", sagte die Mutter streng. „Wenn du nicht nett zu ihr sein willst, machst du mich ganz traurig."

Putzi erschrak. Traurig sollte Mutti nicht sein. „Ich verspreche es", sagte sie schnell.

Die strenge Tante mit Schleifchen

Als Putzi am nächsten Tag aus der Schule kam, war die Tante schon da. „Ach, da ist ja die kleine Petra-Ulrike", sagte sie.

Putzi fand es schlimm genug, daß die Lehrerin sie Petra-Ulrike nannte. Nun auch noch die Tante! „Ich heiße Putzi", sagte sie und runzelte die Stirn. „Und so klein bin ich auch nicht mehr."

„Natürlich bist du klein", entgegnete die Tante. „Und Putzi ist gar kein richtiger Name."

„Ist er wohl", murmelte Putzi. Dann blickte sie von ihrer strengen Tante auf die Mutter. Und die gab ihr ein Zeichen. Da fiel Putzi ihr Versprechen ein, und sie seufzte. Uff, war das schwer!

„Geh und wasch dir die Hände", sagte die Mutter freundlich. „In zehn Minuten wollen wir essen."

Putzi nickte und ging. Als sie sauber gewaschen wieder ins Eßzimmer kam, saßen die anderen schon um den Tisch.

„Zeig mal deine Hände", forderte Tante Theodora sie auf.

Putzi biß sich auf die Lippen und machte ein trotziges Gesicht. Erst wollte sie die Hände hinter dem Rücken verstecken, aber dann zeigte sie sie doch.

„Die Nägel mußt du aber das nächste Mal besser bürsten", sagte Tante Theodora.

Putzi gab keine Antwort, aber ihre grünen Augen funkelten vor Wut. Wortlos setzte sie sich. Beim Essen unterhielten sich Vater und Mutter mit der Tante. Putzi blieb still.

Plötzlich wandte sich die Tante zu ihr. „Lernst du auch fleißig in der Schule?" fragte sie.

„Hm", machte Putzi und nickte.

„Putzi ist sehr brav", fiel die Mutter ein. „Sie hilft mir auch oft beim Abwaschen und holt ein." Und der Vater nickte Putzi zu. Da war sie etwas getröstet. „Hoffentlich bleibt sie nicht zu lange", dachte sie, „so lange kann ich gar nicht nett sein."

Der Vater stand auf. „Sicher möchtest du dich jetzt ausruhen", sagte er liebenswürdig zu Tante Theodora und begleitete sie ins Wohnzimmer. Putzi deckte mit ihrer Mutter ab und half ihr beim Abtrocknen. „Ich war doch nett, nicht?" fragte sie.

„Ja, Putzi, du warst nett", sagte die Mutter. „Du hast dir

viel Mühe gegeben. Und das nächste Mal erzählst du der Tante etwas von dir. Willst du?"

Putzi dachte einen Augenblick nach. „Will ich wohl", sagte sie und ging in ihr Zimmer. Plötzlich fiel ihr etwas ein. Sie nagte auf dem Daumen und überlegte. Mit einem Male lachte sie und lief aus dem Zimmer.

Tante Theodora lag im Sessel und hatte die Beine auf einen Stuhl gelegt. Sie schlief mit halboffenem Mund und schnarchte und prustete wie eine Lokomotive. Ihr Haar war völlig in Unordnung geraten und hing wie ein Kuhschwanz über die Sessellehne. Da kam Putzi auf eine Idee.

In ihrem Zimmer durchsuchte Putzi die Schubladen und kehrte das Unterste zuoberst. Schließlich hatte sie gefunden, was sie suchte; eine rosa und eine blaßblaue Haarschleife. Die hatte sie früher getragen, als sie noch Zöpfe trug. Putzi schlich hinaus. Die Tante lag noch da wie vorher und schlief.

Putzi pirschte sich an sie heran. Dann flocht sie ihr zwei Zöpfe und band die hellblaue und die blaßrosa Schleife darum.

Plötzlich erschrak sie. Tante Theodora hatte aufgehört, zu schnarchen und zu prusten. Putzi wagte kaum zu atmen. Dann sah sie, daß die Tante die Augen noch geschlossen hielt. Sicher hatte sie nur geträumt. Putzi trat einen Schritt zurück.

Tante Theodora mit Zöpfen und Schleifen! So etwas Drolliges hatte Putzi noch nie gesehen. Kichernd kehrte sie zu ihren Schularbeiten zurück.

Da schellte es. Sie stand auf und wollte zur Tür gehen. Plötzlich blieb sie stehen. Sie hatte Schritte gehört – Tante Theodora!

Putzi stürzte in die Diele. Zu spät! Schon war die Tante

in der halboffenen Haustür, und vor ihr stand ein Junge mit weißblonden Haaren. Fritz! Er starrte Tante Theodora an, und mit einem Male brüllte er vor Lachen. Da lief Putzi, ohne zu überlegen, an der Tante vorbei und wischte hinaus. „Komm, Fritz!“ rief sie über die Schulter zurück und lief weiter. Erst als sie ein ganzes Stück gerannt war, blieb sie stehen. „Junge, Junge“, sagte sie keuchend. „Wenn ich gewußt hätte, daß die Tante zur Tür geht…“

„Hast du ihr die Schleifen um die Zöpfe gebunden?“ fragte Fritz. „Ich hab' noch nie so was Komisches gesehen“, stieß Fritz hervor. „Kriegst du jetzt Senge?“

„Nee“, sagte Putzi. Das Lachen schwand aus ihren Augen. „Mutter wird traurig sein“, dachte sie; „das ist viel schlimmer.“

„Du sollst mit uns Fußball spielen“, sagte Fritz.

Putzi riß die Augen auf. „Seid ihr lauter Buben?“

„Klar. Du bist das einzige Mädchen. Los!“ rief Fritz ungeduldig. „Ich hab' den anderen versprochen, dich zu holen.“

Da kam Putzi mit. Die Jungen spielten in einer engen Gasse, in der kein Auto fahren durfte. Als sie Fritz und Putzi erblickten, schrien und johlten sie. Da war Putzi sehr stolz, daß sie mit den Jungen Fußball spielen durfte.

„Was willst du sein?“ fragte ein großer Junge sie. „Mittelstürmer oder Rechtsaußen?“

„Torwart“, erwiderte Putzi. Es war das einzige, was sie vom Fußballspiel kannte. „Quatsch!“ rief der große Junge. „Torwart haben wir schon.“

Da mischte sich Fritz ein. „Hab' dich nicht so“, sagte er. „Laß Putzi ruhig Torwart sein. Dann macht Bertold heute Rechtsaußen.“

„Wer ist denn Bertold?“ fragte Putzi.

Ein Junge trat vor und sah sie drohend an. „Ich! Hast du was dagegen?“

„Ja“, sagte Putzi. „Ich will Torwart sein. Sonst mache ich nicht mit. Sei du ruhig Rechtsaußen. Das kannst du gut.“

„So? Meinst du?“ Bertold kam dicht an sie heran. Er hatte schwarze Haare und sah finster aus. „Hast du denn hier zu sagen?“

Fritz zupfte ihn am Ärmel. „Putzi ist Gastspielerin“, erklärte er. „Deshalb hat sie was zu sagen.“

„Ach so. Na gut.“ Bertold nickte. Er warf Putzi einen wütenden Blick zu und ging zurück.

Putzi achtete nicht mehr auf ihn. „Ich bin die Gastspielerin“, dachte sie, „das klingt gut.“ Dann stellte sie sich im Tor auf, das nichts weiter war als ein Rechteck, das die Jungen mit Kreide auf das Pflaster gemalt hatten. Und dann ging's los. Putzi hatte keine Ahnung vom Fußballspiel. Sie wußte nur, daß sie den Ball auffangen mußte. Und das tat sie. Manchmal, wenn der harte Ball gegen ihr Bäuchlein prallte, tat es scheußlich weh. Aber Putzi verzog keine Miene. Zweimal fiel sie der Länge nach hin, konnte den Ball aber gerade noch mit ausgestreckten Händen fassen. Ein andermal entwischte er ihr, und viele Jungen jubelten: „Tor! Tor!“ Da schrie auch Putzi: „Tor! Tor!“

„Für dich doch nicht“, brüllte Bertold sie an.

„Wohl für mich“, schrie Putzi mit hochrotem Kopf. „Ich stehe doch im Tor.“

„Aber du mußt den Ball doch auffangen und nicht durchlassen“, erklärte ihr dann ein anderer Junge.

„Weiß ich“, brummte Putzi. „Ich fange ihn ja auf, aber man wird doch wohl noch schreien dürfen.“

Putzi ließ noch manchen Ball durch, aber die meisten fing sie ab. Und gerade als es so richtig anfing, spannend zu werden, war das Spiel zu Ende. Putzi wollte eben fragen, wer nun eigentlich gewonnen hätte, da kam ein großer Junge zu ihr.

„Hast dich gut gemacht, Torwart Putzi“, sagte er. „Gratuliere.“ Nun wußte Putzi auch, daß ihre Partei gewonnen hatte.

Fritz begleitete sie nach Hause. „Du kannst öfters mit uns spielen“, erklärte er. Das war natürlich großartig. Aber Putzi mußte mit einem Male wieder an Tante Theodora denken.

„Uff!“ sagte Putzi mit einem Seufzer. „Jetzt gibt es Krach.“

„Klar“, rief Fritz. „Dreckig bist du auch. Guck dir mal deine Knie an. Wasch sie erst, damit deine Eltern nichts merken.“

Putzi betrachtete ihre Knie. Sie waren schwarz vor Schmutz. Sie machte ein unglückliches Gesicht.

„Laß man“, tröstete Fritz sie. „Torwarte sehen immer so aus. Wiedersehen.“ Er ging.

Da rief Putzi hinter ihm her; „Fritz, schenkst du mir noch einen Goldfisch? Meiner ist so allein. Ich hab' dir auch heute geholfen.“

Fritz drehte sich um. „Meinetwegen“, brummte er. „Aber das ist der letzte.“

Putzi ging zögernd durch den Vorgarten zur Haustür. Ihr Vater öffnete.

„Du warst ungezogen“, sagte er. „Geh in dein Zimmer.“

Putzi schlich mit hängendem Kopf davon. Sie hatte ein ganz schlechtes Gewissen. Und wenn sie das hatte, war sie am liebsten allein. Ob die Mutter nun wohl sehr traurig war? Hoffentlich nicht!

Putzi setzte sich auf den Bettrand und nagte auf ihrem Daumen. Sie wollte sich auf den neuen Goldfisch freuen. Aber sie konnte sich nicht freuen. Das schlechte Gewissen war stärker. Am schlimmsten war, daß sie ihr Versprechen nicht gehalten hatte. Das war noch viel schlimmer als der Hunger. Denn so ein Fußballspiel macht hungrig! Putzi spürte, wie es in ihrem Bäuchlein rumorte.

Im Haus war es ganz still. Wie seltsam! Tante Theodora hatte doch eine so schrille Stimme, und jetzt hörte man sie gar nicht. Putzi spitzte die Ohren und lauschte. Außer dem Ticken der alten Standuhr war nichts zu hören.

Da ging Putzi ins Badezimmer und wusch sich die Knie. Au, das tat weh! Als der Schmutz weg war, sah sie, daß die Haut abgeschürft war. Es ist doch gut, wenn man einen Vater hat, der Arzt ist! Putzi öffnete das kleine Wandschränkchen und untersuchte die Dosen und Gläschen. Putzi bestrich ihre Knie mit Wundsalbe. Dann entdeckte sie Heftpflaster, schnitt zwei Streifen ab und klebte sie über die wunden Stellen. Darauf bürstete sie sich die Nägel, immer wieder.

Schließlich waren sie so sauber, daß selbst Tante Theodora nichts an ihnen aussetzen konnte. Vielleicht freute sie sich so sehr, daß sie darüber die Zöpfe und Schleifen vergaß? Aber nein! Tante Theodora freute sich nie. Traurig ging Putzi in ihr Zimmer zurück. „Wenn ich nur nicht so hungrig wäre“, dachte sie. „Es ist, als ob ein großes Loch in meinem Magen wäre.“

Endlich hielt Putzi es nicht mehr aus, und sie ging ins Wohnzimmer. Am Ecktisch saß der Vater ganz allein und las in einem Buch.

„Wo ist denn Tante Theodora?“ fragte Putzi leise und blieb in der Tür stehen.

„Abgereist“, sagte der Vater.

Putzis Augen schimmerten verdächtig. „Ist Mutti sehr traurig?“ fragte sie.

Das hatte sie nicht gewollt.

Ihr Vater nickte, ohne aufzusehen. „Ja, weil du dein Versprechen nicht gehalten hast.“

Putzis Augen füllten sich mit Tränen. „Ich wollte es halten", schluchzte sie. „Ganz bestimmt, aber..." Sie sah ihren Vater an. „... aber man kriegt doch manchmal so putzige Ideen, nicht? Kriegst du sie nicht, Paps, wenn du Tante Theodora schlafen siehst?"

„Nein." Er rückte herum, so daß Putzi nur noch seinen Rücken sah.

„Vielleicht hast du sie noch nie schlafen sehen", fuhr sie fort. „Sie sieht doll komisch aus. Als ich ihr die Zöpfe geflochten und die Schleifen darumgebunden hatte, war sie eigentlich viel hübscher."

Keine Antwort.

Putzi zog die Luft ein und schnaufte. „Wo ist denn Mutti?"

„Sie hat Tante Theodora zur Bahn gebracht, und hinterher wollte sie noch eine Freundin besuchen."

Putzi atmete hörbar auf. Paps sprach doch wieder mit ihr. Aber noch immer drehte er ihr den Rücken zu.

„Wenn Tante Theodora das nächste Mal kommt, flechte ich ihr keine Zöpfe mehr", begann Putzi von neuem. „Ganz bestimmt nicht. Und Schleifen ins Haar kriegt sie auch nicht mehr. Gute Nacht, Paps." Sie drehte sich zur Tür um. Dann fragte sie über die Schulter zurück: „Bist du auch so hungrig?"

Da wandte er sich zu ihr um. „Geh schon ins Bett", sagte er. „Ich bringe dir noch etwas zum Essen."

Als dann der Vater kam, schlang Putzi beide Arme um seinen Hals. „Bitte, bitte, lieber Paps", flehte sie. „Nicht mehr böse sein! Und sag's auch Mutti. Sonst schimpft sie morgen mit mir. Und dann kann ich in der Schule gar nicht mehr aufpassen."

Da gab ihr der Vater einen Kuß. „Schon gut, Putzi", sagte er. „Ich spreche mit Mutter."

Endlich ein Hund

Putzi war gar nicht mehr wiederzuerkennen, so artig war sie. Sie kam pünktlich von der Schule nach Haus. Sie half beim Abwaschen, hielt ihr Zimmer in Ordnung und ging einkaufen. Daß sie dabei auch Schnecken und Frösche und einmal gar eine Blindschleiche mitbrachte, brauchte ihre Mutter ja nicht zu wissen. Der Garten war groß genug, und „Putzi Kolls Tiergarten" sollte eine Überraschung werden. Der Anfang war jedenfalls gemacht.

Im Wasserbecken tummelten sich jetzt zwei Goldfische: Arthur und Bernhard. Fritz hatte Wort gehalten. Überhaupt Fritz – der war jetzt Putzis bester Freund. Er machte alles mit. Oft spielte sie mit ihm und den anderen Jungen Fußball, oder sie kletterte mit ihm auf die Bäume und beabachtete die Vögel.

Sabine kam nur manchmal mit, aber sie wagte sich nicht hinauf. Sie war eben ein Lämmchen. Putzi hatte ihr gesagt, daß sie das Geschenk ihrer Omi „Sabine die Zweite" genannt hatte. Sabine gefiel das, denn Lämmchen mochte sie gern; viel lieber als Schnecken und Frösche und Blindschleichen.

Als Vater Koll sah, wie brav seine Tochter war, nahm er sie manchmal mit, wenn er Kranke besuchte. Dann saß Putzi vorn neben ihm, blies auf der Trompete und sah mit großen Augen hinaus. Sie fuhr für ihr Leben gern Auto. Wenn der Vater dann hielt und in ein Haus ging, durfte sie meistens nicht mitkommen. Und das Warten war mitunter langweilig. Aber dafür war die Fahrt um so interessanter. Es gab so viel zu sehen unterwegs.

Als Putzi einmal sogar einen Hasen sah, der auf einer Wiese saß, schrie sie aufgeregt: „Halt!“ Aber der Vater hielt nicht. Er fuhr weiter.

„Halt doch, Paps“, bat Putzi. „Ich möchte so gern einen Hasen haben.“

„Ein Hase muß frei sein“, erklärte der Vater kopfschüttelnd. „Der Garten bei uns käme ihm bald zu eng vor, und dann rückte er nur wieder aus.“ Kurz darauf hielt er vor einem kleinen Bauernhof.

„Wer wohnt hier, Paps?“ fragte Putzi.

„Ein alter Mann mit seiner Frau“, erwiderte der Vater. „Und der alte Mann ist krank und kann nicht mehr arbeiten.“

Er stieg aus und ging ins Haus. Das war ein bißchen schief und sah armselig aus. Und der Hof war schmutzig und unaufgeräumt. Putzi hatte großes Mitleid mit den alten Leuten. Mit dem Mann, weil er krank war. Und mit der Frau, weil sie nun die ganze Arbeit auf dem Hof allein hatte. „Hoffentlich macht Paps, daß es dem Mann besser geht“, dachte sie.

Da kam ihr Vater aus dem Haus; eine alte Frau begleitete ihn. Putzi sprang aus dem Auto und lief auf sie zu.

„Grüß Gott. Ich bin die Putzi“, sagte sie und gab der Frau die Hand.

„Gell, Sie hören sich mal um, wer das Mäxle zu sich nimmt, Herr Doktor?“ sagte die alte Frau.

Putzi gab sich große Mühe, sie zu verstehen. „Wer ist das Mäxle?“ fragte sie.

„Ihr Hund“, erwiderte der Vater. „Seit der Mann krank ist, fällt es ihnen schwer, die Steuer und das Fressen zu bezahlen.“

Da blieb Putzi stehen. Das Herz klopfte ihr bis zum Halse. Abwechselnd starrte sie ihren Vater und die alte, zahnlose Frau an. „Der liebe Gott“, dachte sie, „jetzt hat er meinen Wunsch doch erfüllt.“

„Das Mäxle nehmen wir zu uns“, sagte sie zu der alten Frau. „Ich wollte schon lange einen Hund haben. Ich will auch ganz lieb zu ihm sein.“

Sie war ganz überrascht, als ihr Vater sie am Arm faßte und sagte: „Was fällt dir ein, Putzi!“

Aber da war die alte Frau schon gegangen. Putzi sah, wie sie die Tür hinter sich schloß. Dann blickte sie ihren Vater an.

„Ich habe darum gebetet“, sagte sie drollig ernst. „Und ich habe dem lieben Gott versprochen, immer ganz artig zu sein, wenn er mir ein Tier schenkt.“

Der Vater wollte etwas erwidern. Da kam die alte Frau mit einem Hund zurück, den sie am Halsband hielt. Es war ein merkwürdiger Hund; die Beine waren zu kurz geraten, und der Kopf war spitz.

Putzi lief jubelnd auf ihn zu. „Mäxle!“ schrie sie und umarmte ihn. Die alte Bäuerin lachte. „Der Herr Doktor hat ein gutes Kind“, nuschelte sie.

Als Putzi neben ihrem Vater im Auto saß, den Hund auf dem Schoß, winkte sie der alten Frau nach, bis sie nicht mehr zu sehen war. „Alexander ist ja nur eine Puppe“, sagte sie dann. „Aber Mäxle lebt richtig. Ich mag ihn so schrecklich gern.“

„Hoffentlich denkt Mutter auch so.“

„Bestimmt“, rief Putzi, „wenn sie ihn erst einmal sieht!“

„Wenn sie ihn erst sieht, mag sie ihn sicher nicht“, dachte der Vater und blickte den Hund von der Seite an. Aber er sagte nichts. Eigentlich freute auch er sich über ihn. Nun würde Putzi nicht mehr so einsam sein.

Mäxle wedelte mit dem Stummelschwänzchen und schmiegte sich an sie. Putzi war glücklich.

„Gibt's nicht noch mehr Kranke, die Tiere haben und nicht für sie sorgen können, Paps?“ fragte Putzi. „Dann nimm sie doch alle mit.“

„Ich bin Arzt und kein Tierpfleger“, erwiderte der Vater, halb ärgerlich, halb lachend.

„Oh, jetzt weiß ich auch, was ich werde, wenn ich groß bin: Tierpflegerin.“ Sie dachte darüber nach. Ja, das würde herrlich sein. Dann würde sie Bären und Löwen und Affen und natürlich auch Hunde pflegen.

„Wann besuchen wir mein Lämmchen?“ fragte sie.

„Das ist jetzt kein Lämmchen mehr“, erklärte der Vater. „Das ist gewachsen und ein Schaf geworden.“ Putzi war enttäuscht. „Damit hätte es aber wohl warten können, bis ich wieder da bin“, murmelte sie.

Sie waren im Städtchen angekommen, und der Vater mußte langsamer fahren.

Der Vater bog in eine Seitenstraße ein und hielt vor ihrem Haus. Putzi stieg aus dem Auto, Mäxle auf dem Arm. „Da wohnst du jetzt“, sagte sie zu ihm, setzte den Hund auf den Boden und nahm die Leine in die Hand. Da kam Sabine angelaufen.

„Das ist mein Hund“, rief Putzi ihr zu. „Und mein Lämmchen ist ein Schaf geworden.“

Zu Mäxle sagte sie: „Und das ist Sabine, meine beste Freundin.“

Aber Sabine sah ihn gar nicht an. „Dann darf es aber nicht mehr Sabine heißen!“ stieß sie hervor.

„Wer?“ fragte Putzi verwundert.

„Dein Lämmchen. Das heißt: dein Schaf, weil ich doch mit einem Schaf keine Ähnlichkeit habe.“

„Ach so.“ Putzi zog die Stirn in Falten und überlegte. Natürlich hatte Sabine recht, und das Schaf mußte einen anderen Namen bekommen.

Inzwischen hatte der Vater das Auto in die Garage gefahren und kam nun zurück. „Grüß Gott, Sabine“, sagte er und gab ihr die Hand. „Nun, was sagst du zu Putzis Hund?“

Da sah Sabine das Mäxle zum ersten Mal richtig an. „Na ja“, sagte sie. Weiter nichts.

Putzi trat ihr auf den Fuß. „Au!“ schrie Sabine.

„Sag sofort, daß er schön ist“, flüsterte Putzi ihr zu. „Sonst gebe ich dem Schaf keinen anderen Namen.“

„Er ist ganz schön“, sagte Sabine.

Putzi drehte sich um und faßte ihren Vater bei der Hand. So gingen sie ins Haus, Putzi in der Mitte, links ihr Paps, rechts der Hund. In der Diele schnupperte Mäxle und jaulte leise. „Er hat Heimweh“, sagte Putzi betrübt. „Aber er ist sehr schön, nicht, Paps? Du findest ihn doch auch sehr schön? Sabine ist ja doof.“ Ihr Vater kam zu keiner Antwort. Die Tür ging auf, und die Mutter stand vor ihnen. „Unser neuer Hausbewohner!“ Vater lachte und wies auf den Hund.

„Das ist doch nicht möglich!“ sagte die Mutter mehr verwundert als ärgerlich.

„Ich fürchte, du wirst dich damit abfinden müssen.“ Der Vater legte den Arm um sie und ging mit ihr ins Wohnzimmer.

Putzi zog das widerstrebende Mäxle hinter sich her. „Das ist mein Zimmer“, erklärte sie ihm dann. „Und du wohnst bei mir.“ Sie kniete vor dem Hund nieder und wollte ihn umarmen. Aber Mäxle wandte den Kopf. Er weinte leise und wollte sich nicht umarmen lassen.

Lange Zeit redete Putzi auf den traurigen Hund ein. Schließlich wurde er etwas ruhiger.

„Ich weiß wohl, weshalb du geweint hast“, sagte Putzi. „Du hast Angst hier, weil alles fremd ist für dich, nicht?

Und du hast Heimweh nach der alten Frau und nach dem alten Mann.“ Sie stand auf. „Komm, wir gehen jetzt in die Küche und trinken Milch.“

Der Hund folgte ihr mit hängendem Kopf. Die Mutter stand am Herd und rührte in einem Topf.

„Wir beide möchten gern Milch trinken“, erklärte Putzi.

„Steht auf dem Tisch. Nimm für den Hund die Blechschale unter dem Ausguß.“

Putzi schielte halb ängstlich, halb trotzig zu ihr auf. „Ich bin ganz furchtbar glücklich“, sagte sie. „Du auch?“

Da drehte sich die Mutter um. „So gern magst du Mäxle?“ Putzi nickte eifrig und ihre Augen leuchteten. Dann goß sie dem Hund Milch in den Blechnapf. Mäxle schlappte sie sofort aus. Putzi jubelte. „Er mag unsere Milch. Jetzt trinke ich keine mehr. Aber du sollst dich auch freuen, Mutti.“

„Ich freue mich ja, Putzi.“

Putzi blickte sie mit großen Augen an. „Komisch“, dachte sie, „sie sieht aber nicht so aus, als ob sie sich freute. Eher so wie damals, als sich Tante Theodora angemeldet hatte.“ Sie nahm die Blechtrompete aus der Tasche und reichte sie ihrer Mutter.

„Da“, sagte sie. „Darfst sie gern behalten. Freust du dich jetzt?“

Die Mutter nickte. Und dann sah Putzi mit Verwunderung, wie sie die Trompete an die Lippen setzte. „Tätärätätä!“ schallte es durchs Haus.

„Hm“, machte Putzi. „Das war schon ganz gut. Jetzt spielst du immer, nicht?“

Die Mutter lachte. „Nein“, erklärte sie dann. „Das war nur ein Abschiedsgruß, Putzi. Die Blechtrompete klingt wirklich nicht gut. Später, wenn du groß bist, bekommst du eine richtige.“

„Wenn ich groß bin", wiederholte Putzi verträumt. „Wenn ich groß bin, werde ich Tierpflegerin." Sie goß Mäxle noch mehr Milch ein. Dann hockte sie sich neben ihn und sah zu, wie er trank. „Er ist ganz allerliebst", murmelte sie. „Jetzt mußt du ihn aber auch so gern mögen wie ich. Ich will dir auch wohl noch ein Gummitier schenken."

„Mach lieber in den Ferien Einkäufe für mich", erwiderte die Mutter.

Da fiel Putzi um, fiel glatt um und saß mit verdutztem Gesicht auf dem Fußboden. An die Sommerferien hatte sie gar nicht mehr gedacht!

„Jetzt weiß ich, warum ich kein großes Tier zum Geburtstag gekriegt habe", murmelte sie. „Der liebe Gott wollte mir einen Hund für die Sommerferien schicken."

Der arme Mann am Bach

Der erste Ferientag war da. Putzi ging mit ihrem neuen Hund Mäxle einkaufen. In die Bäckerei durfte der Hund aber nicht hinein. Er blieb artig draußen sitzen. Als Putzi wieder herauskam, sprang er vor Freude an ihr hoch. Da bohrte Putzi mit dem Zeigefinger ein Loch in den Napfkuchen und piekste ein großes Stück heraus. Das bekam Mäxle zur Belohnung. Darüber freute er sich.

Auf dem Heimweg begegneten Putzi zwei Buben. Als sie den Hund sahen, stießen sie einander an und grinsten.

„Soll das da ein Hund sein?" fragte der eine.

„Der sieht ja wie eine Ratte aus", höhnte der andere.

Putzis grüne Augen funkelten vor Wut. Sie warf die Einkaufstasche mit dem Napfkuchen hin und wollte sich mit den Buben raufen. Aber da kam ihr Freund Fritz angerannt, und die Jungen rissen aus. Denn gegen Putzi und Fritz kam keiner auf. Putzi bohrte noch einmal ein Stück aus dem Kuchen und gab es Fritz zur Belohnung.

Daheim aber wartete die Mutter ungeduldig auf Putzi. Sie hatte nämlich Besuch von einer Freundin bekommen. Nun saßen die beiden um den runden Ecktisch im Wohnzimmer und tranken Kaffee. Nur der Kuchen fehlte noch. So war die Mutter sehr froh, als Putzi endlich erschien. Als sie aber den löcherigen Kuchen erblickte, war sie gar nicht mehr froh.

„Petra-Urike!" rief sie entsetzt, doch weiter kam sie nicht, denn Putzi unterbrach sie. „Ich heiße gar nicht Petra-Ulrike", sagte sie zu der fremden Dame, „sondern Putzi." Sie gab ihr die Hand. „Und der Kuchen hat nur z w e i Löcher, weil ich Mäxle und Fritz etwas abgegeben habe. Ich selbst habe nichts genommen." Sie schielte verlangend nach dem Kuchen.

„Mäxle und Fritz sind wohl deine Freunde?" fragte die fremde Dame.

Putzi nickte und wippte auf den Fußspitzen. Sie wandte sich der Mutter zu. „Mäxle sieht gar nicht wie eine Ratte aus, nicht? Er sieht nur ein bißchen putzig aus. Aber Hauptsache, er ist lieb."

Die Mutter seufzte. „Hauptsache, du bist lieb", versetzte sie.

„Bin ich doch", brummte Putzi und zog schmollend ab.

Vom Kuchen hatte sie nun nichts abbekommen, aber dann tröstete sie sich damit, daß jetzt Ferien waren. Und sie nahm sich vor, ganz viel zu unternehmen. Mit Fritz, mit Mäxle und mit Sabine, die in dieselbe Klasse ging und – fast immer – alles tat, was Putzi wollte.

Am nächsten Tag zogen sie alle zusammen los. Erst spielten sie auf einer Bergwiese Indianer. Fritz hatte Federn mitgebracht, die sie sich ins Haar steckten. Aber Mäxle verstand nichts davon, und nur zu dritt machte es keinen Spaß. So waren sie froh, als sie mehrere Buben ankommen sahen. Darunter war auch Bertold, der schwarzhaarige Junge, den Putzi schon vom Fußballspiel her kannte. Bertold teilte sie in zwei feindliche Gruppen ein, die sich gegenseitig bekämpfen mußten. Putzi, Sabine und Fritz waren mit vier Buben zusammen. Und in der feindlichen Gruppe waren nur Jungen; Bertold war ihr Anführer.

„Wir müssen uns jetzt verstecken", sagte Fritz zu seiner Gruppe.

Sie zogen quer durch den Wald und versteckten sich hinter mächtigen Steinbrocken und Felsen. Von den Jungen suchte sich jeder sein eigenes Versteck, aber die Mädchen blieben zusammen. Sie hockten mit Mäxle hinter einem Felsen. „Muß ich auch mit den Buben raufen, wenn sie kommen?" fragte Sabine ängstlich.

„Natürlich", flüsterte Putzi. „Dann müssen wir sie zurückjagen." Eine Weile saßen sie schweigend und wagten kaum zu atmen.

Als Putzi das Knacken von Zweigen hörte, flüsterte sie Sabine zu: „Sie kommen!" und legte die Hand über Mäxles Schnauze. Plötzlich erhob sich lautes Geschrei. Es kam von ihrer Linken.

„Die Jungs sind entdeckt!" schrie Putzi. Sie faßte Mäxle am Halsband und kroch um den Felsen herum. Unter sich sah sie drei Jungen den steilen Hang heraufklettern. Die wollte sie auf halber Höhe abfangen.

Putzi raste quer durch den Wald auf sie zu. Mäxle bellte laut vor Aufregung.

„Ruhig!“ zischte Putzi, blieb einen Augenblick stehen und guckte sich um. Von Sabine war nichts zu sehen. Da lief sie weiter. Aber was war das? Auch von den drei Buben war plötzlich nichts mehr zu sehen. Sollten sie durch das Gebüsch hinaufgeklettert sein? Dann waren sie jetzt vielleicht schon hoch über ihr. Zu dumm!

Putzi biß sich auf die Lippen. Wo nur Sabine blieb? Da sprang ein Junge hinter einem Baumstamm hervor und warf einen Stein, der Mäxle an der Vorderpfote traf. Putzi kochte vor Wut. Sie hörte Mäxle wimmern und stürzte auf den Jungen zu. Der sah ihr lachend entgegen. Im letzten Augenblick sprang er zur Seite, und Putzi fiel lang hin. Sie stand sofort wieder auf, da war Mäxle bei ihr angelangt. Sie sah, daß er humpelte, und nahm ihn auf den Arm.

„Gemein, einen Hund mit Steinen zu schmeißen“, schluchzte sie. „Warte nur, wenn ich dich kriege, dann setzt's aber was!“ Durch die Tränen in ihren Augen konnte sie den Jungen nur verschwommen sehen, aber es mußte Bertold sein. „Mit dem rechne ich noch ab", nahm sie sich vor.

Putzi streichelte Mäxle und stieg langsam ins Tal hinunter. So sah sie nicht, daß Sabine Fritz noch anfeuerte und schrie: „Gib's ihm!" Bestimmt hätte Putzi sich gefreut, wenn sie gewußt hätte, daß alle anderen auf ihrer Seite waren. Weil sie es aber nicht wußte, war sie traurig.

Da war Putzi unten im Tal angekommen. Vor sich sah sie das Städtchen; links und rechts waren bucklige Wiesen, und durch den Talgrund plätscherte ein Bach. „Uff!" seufzte Putzi. Der Hund war schwer, aber sie trug ihn tapfer weiter.

Mit einem Male blieb sie stehen. Sie hatte am Bach einen Angler erblickt. Er wandte ihr den Rücken zu und ließ die Angelschnur ins Wasser hängen. Er trug einen abgetragenen Anzug. Sicher war er arm. So arm, daß er im Bach angeln mußte, um etwas zu essen zu haben. Dabei war es streng verboten, im Bach zu angeln, denn der gehörte einem reichen Fabrikanten.

Putzi starrte immer noch zu dem Mann hinüber. Da sah sie den verbeulten Hut, der neben ihm im Gras lag. „Ganz ruhig sein, Mäxle", sagte sie leise und schlich sich an den Bach. Mäxle gab keinen Laut.

Putzi legte das Butterbrot, das sie die ganze Zeit in der Schultertasche gehabt hatte, in den Hut. Dann kippte sie den Inhalt ihrer Geldbörse dazu. Das war nicht viel.

Putzi wollte sich gerade davonschleichen, doch da drehte sich der Mann um. Putzi riß aus. Da sah sie in der Ferne den Feldhüter auftauchen. Das war ein strenger Mann, und er mußte darauf achten, daß keiner im Bach fischte. Noch hatte er den armen Mann nicht gesehen.

Putzi raste zurück und tippte dem Angler auf die Schulter. „Abhauen!“ rief sie. „Der Feldhüter kommt.“ Dann ging sie über einen kleinen Wiesenpfad zum Weg zurück. Dabei guckte sie in die Luft, als hätte sie den Feldhüter noch gar nicht gesehen.

Da stand der Feldhüter vor ihr. „Grüß Gott, Putzi“, sagte er freundlich und wollte an ihr vorbei. Aber Putzi baute sich mitten vor ihm auf. „Wir haben im Wald gespielt“, sagte sie und wurde ganz rot vor Verlegenheit. Dann redete sie munter drauflos, und während der ganzen Zeit spähte sie aus dem Augenwinkel zum Bach hinüber. Der arme Angler war nicht mehr zu sehen, aber er mußte noch in der Nähe sein. Und Putzi wollte nicht, daß der Feldhüter ihn erwischte.

„Meinen Hund kennen Sie auch noch nicht“, sagte Putzi. „Er heißt Mäxle. Er ist sehr lieb, aber er kann nicht laufen, und deshalb ...“

Der Feldhüter schüttelte verwundert den Kopf. „Und deshalb mußt du ihn tragen, gell? Dann bring ihn nur rasch nach Haus. Ade, Putzi.“

Da ließ Putzi ihn vorbei. Sicher hatte sie ihn lange genug aufgehalten. Putzi war gerade beim Teich vom Spatzenbäuerle angekommen und sah den Enten zu, da hörte sie Schritte hinter sich. Sie drehte sich um und erblickte den armen Mann vom Bach. In der einen Hand trug er seine Angelrute, in der anderen ein Netz mit Fischen. Die toten Fische taten Putzi sehr leid. Aber der Mann tat ihr noch mehr leid. Sie lachte ihn an. „Der Feldhüter hat Sie also nicht geschnappt“, sagte sie.

Der Mann schüttelte den Kopf. „Als du mich warntest, bin ich hintenrum geschlichen.“

„Werden Sie denn satt von den Fischen?“ fragte Putzi.

„Ich hab’ ja noch dein Butterbrot und dein Geld“, erwiderte er.

Putzi krauste die Stirn. Es war beides ein bißchen wenig. „Kommen Sie heute abend vor das Haus von Doktor Koll“, sagte sie. „Um acht Uhr. Dann witsche ich raus und bringe Ihnen mehr. Wiedersehen.“ Putzi nahm Mäxle wieder auf den Arm und ging rasch weiter.

Beim Abendessen rutschte Putzi unruhig auf ihrem Stuhl hin und her. Sie sah immer wieder auf die Uhr. Vater und Mutter fiel das auf. Und als Putzi viele Brote schmierte und sie dick mit Wurst und Käse belegte, wunderten sie sich noch mehr.

Putzi wurde rot. „Ich hab' noch gar keinen Hunger“, murmelte sie, „aber später kriege ich bestimmt welchen.“ „Jetzt habe ich gelogen“, dachte sie erschrocken; „aber dafür wird ein armer Mann satt. Dafür darf man wohl lügen.“

Schließlich war das Essen vorbei. Der Vater ging mit dem Hund hinaus, um dessen Pfote zu untersuchen, und die Mutter räumte den Tisch ab. Putzi nahm ihre Brote und lief in ihr Zimmer. Dort packte sie sie ein und legte noch einen Apfel dazu.

Als sie sich gerade aus dem Hause schleichen wollte, schellte es. Da zog sie sich rasch wieder in ihr Zimmer zurück. Sie hörte, wie die Tür geöffnet wurde. „Eberhard!“ hörte sie den Vater sagen. „Das ist aber eine nette Überraschung. Komm herein.“ Putzi lugte aus dem Türspalt. Dann riß sie die Augen weit auf. Unter der Deckenlampe stand der Fremde, den ihr Vater Eberhard nannte. Putzi japste nach Luft. Es war der arme Mann vom Bach! Leise zog sie die Tür zu und setzte sich aufs Bett. Was hatte das nur zu bedeuten? Wieso kannte Paps einen Landstreicher? Ratlos biß sich Putzi auf den Daumen. Da ging die Tür auf, und der Vater kam herein.

„Wir haben Besuch“, sagte er, und um seine Mundwinkel zuckte es. „Ein Bekannter von dir. Er möchte dich gern sprechen."

Putzi stand auf. Vor Überraschung brachte sie keinen Ton heraus. Die Mutter und der arme Angler saßen im Wohnzimmer. Aber der Angler sah jetzt ganz anders aus, gar nicht mehr arm. Im Gegenteil! Er stand auf und gab Putzi die Hand. „Wo sind meine Butterbrote?" fragte er.

Putzi starrte ihn verdutzt an. Da brachen ihre Eltern in lautes Lachen aus, und Vater sagte: „Unser armer Eberhard ist Direktor Maier von der Textilfabrik."

Nun ging Putzi ein Licht auf. „Der...der, dem der Bach gehört?" stotterte sie. Mit einem Male wurde sie wütend. Jetzt fand sie den fremden Mann gar nicht mehr nett. „Das konnte ich doch nicht wissen", brummte sie. Dann fielen ihr die belegten Brote ein. Nun konnte sie sie ja selbst essen.

„Komm, Mäxle", sagte sie und ging hinaus. Doch Herr Maier rief sie zurück. „Du gefällst mir, Putzi", sagte er. „Du hast Mitleid mit armen Leuten. Das ist immer ein gutes Zeichen. Wollen wir uns wieder vertragen?"

Putzi bückte sich mit rotem Gesicht zu Mäxle und streichelte ihn. Sie sah, daß Mäxles Vorderpfote einen Verband bekommen hatte.

„Du hast einen netten Hund", sagte Herr Maier. Da richtete sich Putzi mit strahlendem Gesicht wieder auf. „Ich will mich wohl mit Ihnen vertragen", sagte sie. Und dann durfte sich Putzi noch zu den Erwachsenen setzen. Aber erst holte sie ihre Butterbrote, und Mäxle bekam sehr viel ab. „Haben Sie auch Kinder?" fragte sie Herrn Maier. Da kam es ihr vor, als ob er mit einem Male ein wenig traurig aussähe.

„Ja", erwiderte er, „eine Tochter in deinem Alter – Ellinor. Aber sie ist gelähmt."

Putzi sah ihn erschrocken an. „Heißt das, daß sie sich gar nicht bewegen kann?“ Herr Maier nickte.

„Soll ich sie besuchen?“ fragte Putzi. „Ich will auch wohl ganz nett zu ihr sein.“

Nein, diese Putzi!

„Siehst du, da sind wir“, sagte Putzi zu Mäxle. Sie blieb vor einer dichten Hecke stehen. Eine bunt angestrichene Holzpforte war darin, und über dem Klingelknopf befanden sich fünf silbrige Buchstaben:

MAIER

Putzi drückte auf die Klingel. Aber niemand kam. Putzi drückte noch einmal auf den Knopf. Dann stieß sie die Pforte auf und ging in den Garten. Da machte sie große Augen vor Verwunderung. Auf dem ansteigenden Rasen standen Birken, und überall wuchsen Blumen. Soviel Blumen in allen Farben!

Putzi bückte sich zu einer Rose und schnupperte. Da hörte sie Schritte und hob rasch den Kopf. Eine Frau tauchte zwischen den hohen Büschen auf. Sicher war das Frau Maier. Putzi faßte Mäxle beim Halsband.

„Du bist also die berühmte Putzi“, sagte Frau Maier und nahm Putzis kleine, braungebrannte Hand in ihre beiden Hände. Putzi sah sie erstaunt an. War sie denn so berühmt? Es gefiel ihr.

„Fein, daß du gekommen bist“, sagte Frau Maier.

„Ja.“ Putzi nickte. Sie fand es auch fein – die vielen bunten Blumen, die kleinen Steinpfade und die hohen Büsche. „Schöön“, machte sie und schnupperte. Die Blumen dufteten, und Putzi liebte Blumen. Und dann gingen sie zwischen den hohen Büschen aufwärts. Alle hintereinander, weil der Pfad so schmal war. Erst Frau Maier, dann Putzi und zum Schluß Mäxle, der immer noch ein bißchen humpelte.

Da waren sie vor dem Haus angekommen. Aber sie gingen nicht hinein, denn Frau Maier sagte, Ellinor sei im Garten. Putzi hätte gern ins Haus geguckt, sie war sehr neugierig. Weil aber Frau Maier nicht stehenblieb, konnte sie das nicht. Sie sah nur eine breite Terrasse und darüber einen Balkon. Hinter dem Haus lag ein großer Rasen mit vielen Blumen und Bänken und einem Steingarten. Hinter dem Rasen aber war ein Wiesenhang, der zu einem Wäldchen auf der Höhe führte. Putzi blieb stehen und starrte auf den Hang. „Zum Kugeln", murmelte sie.

„Was ist zum Kugeln?" fragte Frau Maier erstaunt.

„Der Hang", erklärte Putzi lebhaft. „Mäxle und ich kugeln so gern einen Hang hinunter. Aber..." Sie brach erschrocken ab. Sie hatte den Rollstuhl auf dem Rasen gesehen. Darin saß ein blasses Mädchen: Ellinor Maier, die gelähmte Tochter.

Putzi nahm Mäxle an die Leine und ging mit steifen Schritten zu ihr hin. „Tag, ich bin Putzi", murmelte sie. Frau Maier ging ins Haus zurück. Putzi blickte ihr nach. Sie setzte sich stocksteif auf den Stuhl und krümmte vor Verlegenheit die Zehen. Sie hatte großes Mitleid mit Ellinor. Fast schämte sie sich, daß sie selbst gesund war und laufen und umhertollen konnte. An den Hang, den man hinunterkugeln konnte, mochte sie gar nicht mehr denken. Sie guckte auch nicht mehr hin.

„Kannst du auch mit den Zehen knacken?" fragte Putzi schließlich, streifte ihre roten Leinenschuhe am Stuhlbein ab und guckte auf ihre bloßen Füße.

Ellinor schüttelte den Kopf. „Aber nein, wie machst du das denn?"

„Guck mal, so!" rief Putzi, und sie krümmte einen Zeh nach dem anderen. Und knack – knack – knack! machte es. „Putzig", murmelte Putzi, „die zwei kleinen machen nie mit, nur die drei größeren, siehst du's?"

Putzi bückte sich immer noch über ihre Füße. „Soll ich noch mal?" fragte sie.

„Nein", sagte Ellinor verdrossen.

Schweigen... Ellinor schwieg, und Putzi schwieg auch. Nur der Wind sang in den Bäumen. Und dann hörten sie noch etwas anderes. Mäxle wälzte sich auf dem Rasen und stieß ganz komische Töne dabei aus. „Mein Hund", erklärte Putzi. „Er heißt Mäxle Koll." Als Mäxle seinen Namen hörte, kam er angehumpelt und setzte sich vor Putzi hin. Putzi atmete hörbar auf.

„Gib Ellinor das Patscherl", bat sie.

Gib's Patscherl, das verstand der Hund. Aber wer Ellinor war, wußte er nicht. Deshalb gab er Putzi die Pfote. Putzi sprang auf. „Mir doch nicht!" rief sie lachend und ging mit ihm zu Ellinor. „Nun gib noch mal das Patscherl." Mäxle tat es, und Ellinor nahm seine Pfote. Putzi warf ihr einen Seitenblick zu. Da sah sie, daß Ellinor lächelte. Es war ein zaghaftes, schüchternes Lächeln. „Der Hund ist so freundlich", sagte sie leise.

Putzis Herz machte plötzlich einen Satz. „Ich mag sie gern leiden", dachte sie und mit einem Male war alles ganz leicht. Sie schwatzte munter drauflos. Nur die Tiere verschwieg sie, die sie in den letzten Monaten gesammelt und im Garten ausgesetzt hatte.

Als Putzi geendet hatte, war Ellinor nicht mehr ganz so blaß. Ihre Bäckchen hatten etwas Farbe bekommen, und ihre Augen sahen nicht mehr so traurig drein.

Putzi stand auf. „Mäxle und ich besuchen dich jetzt ganz oft", versprach sie. „Hast du Tiere auch so lieb?" Ellinor nickte.

Putzi verschränkte die Arme hinten auf dem Rücken und sah sie nachdenklich an. „Auch Frösche und Schnekken und Blindschleichen?" fragte sie. „Ja", sagte Ellinor.

Putzi strahlte sie an. Sie wollte ihr erzählen, daß sie einen Tiergarten habe. Sie machte schon den Mund auf, aber dann verschluckte sie es. Ellinor konnte ja keine Tiere sammeln. Putzi gab ihr die Hand.

„Ich mag dich leiden", sagte sie. „Du mich auch?"

Ellinor wurde plötzlich rot. „Ja", sagte sie so leise, daß Putzi sie kaum verstehen konnte.

Maiers Wohnung lag etwas außerhalb des Städtchens, und Putzi hatte einen weiten Heimweg. „Jetzt spiele ich nicht mehr Fußball und nicht mehr Indianer", nahm sie sich vor. „Ellinor kann es ja auch nicht. Dafür will ich sie ganz oft besuchen. Aber" – Putzi kratzte sich hinter dem Ohr – „aber auf einen Baum klettern möchte ich rasch!" Sie hatte ja den ganzen Nachmittag stillgesessen, und es waren doch Ferien. Und da – da war ein Baum, ein herrlicher Kletterbaum.

Putzi band Mäxle an den Baum und kletterte hinauf. Hoch oben setzte sie sich auf einen Ast und baumelte mit den Beinen. Die Blätter raschelten im Wind. Wie ein grüner Vorhang waren sie, aber ein Vorhang mit sieben Löchern. Und durch die Löcher konnte sie die nahen Berge sehen und an der anderen Seite, tief unter ihr, Wiesen und Gärten.

Jetzt saß Putzi ganz still. „Lieber Gott, mach doch bitte, daß ein Vogel kommt", betete sie leise. Und dann kam einer. Eine Amsel, die sich auf den Zweig über Putzi hockte und mit den Flügeln flatterte.

Putzi blickte zu dem schwarzen Vogel auf. „Wo ist denn deine Frau?“ fragte sie, denn ein Amselmann muß doch eine Frau haben. Der Amselmann reckte den Hals und spähte umher. „Tak, tak, tak“, machte er. Und es dauerte gar nicht lange, da kam eine braungesprenkelte Amsel angeflogen. Sicher war das seine Frau. Doch sie ließ sich nicht auf dem Baum nieder. Sie flog weiter, und der schwarze Amselmann folgte ihr.

Putzi kletterte den Baum hinunter. Auf einem Ast blieb sie stehen, weil er so schön wippte. Da hörte sie Mäxle unter sich wimmern. „Ich komme ja gleich, Mäxle“, rief sie. Aber sie kam noch nicht. Das Wippen machte zu viel Spaß. Mit beiden Händen hielt sie sich am Stamm fest, und mit den Füßen wippte sie. Auf und ab – auf und ab.

Da jaulte Mäxle lauter. Er mochte nicht am Baum angebunden sein. „Komme schon“, rief Putzi und kletterte rasch tiefer. Mit einem Male machte es ratsch! und sie war mit dem Ärmel an einem Ast hängengeblieben. Putzi zerrte und zerrte, bis sie schließlich frei war.

Unten, auf dem Boden, sprang Mäxle an ihr hoch. Er freute sich, daß sie wieder bei ihm war. Aber Putzi freute sich gar nicht. Sie guckte nur ihre Bluse an und seufzte tief. Im Ärmel war ein langer Riß. Putzi band Mäxle los und schlich mit hängendem Kopf davon.

Das Wasser aus den Röhren des Kastenbrunnens am Marktplatz sprudelte leise. Und die Uhr vor dem Rathaus zeigte halb sieben. Putzi starrte erschrocken darauf. Sie raste los, Mäxle hinterher. Leute blieben stehen und blickten dem rotblonden Mädchen mit dem zerrissenen Ärmel kopfschüttelnd nach.

Daheim schlich Putzi auf Zehenspitzen in ihr Zimmer. Und mit einem Male hatte sie eine Idee. Die Mutter brauchte den garstigen Riß gar nicht zu sehen. Ärmellose

Blusen waren ohnehin viel praktischer. Gedacht, getan. Putzi riß so lange am Ärmel, bis er ab war. Da kam die Mutter ins Zimmer.

„Guck mal, Mutti", sagte Putzi eifrig, „ich mache aus der alten Bluse eine neue, ärmellose." Sie schielte halb ängstlich, halb trotzig zu ihr hinauf.

Die Mutter bückte sich und hob den Ärmel hoch. O weh, nun hatte sie den Riß entdeckt!

„Ich hab' Ellinor gezeigt, wie ich mit den Zehen knacken kann", sagte Putzi schnell. „Und ich hab' ihr ganz viel erzählt und ... und immer stillgesessen. Nur auf dem Rückweg bin ich auf einen Baum geklettert."

Die Mutter hielt den Ärmel immer noch in der Hand. „Daß die Bluse zerrissen ist, ist nicht so schlimm", sagte sie langsam. „Viel schlimmer ist, daß Vater und ich immer Angst um dich haben müssen. Um sechs solltest du zu Hause sein. Als du nicht kamst, war ich in Sorge. Und wie oft haben wir uns schon Sorgen um dich machen müssen. Das stimmt mich ganz traurig, Putzi."

Putzi senkte den Kopf. Immerhin hatte die Mutter nicht „Petra-Ulrike" zu ihr gesagt. „Dann klettere ich nicht mehr auf einen Baum", murmelte sie. „Sollst nicht traurig sein."

Putzi hob den Kopf. „Aber", sagte sie, „wenn ich so groß bin wie du, dann darf ich wieder auf einen Baum klettern, nicht?"

„Ja, wenn du dann noch Lust hast", erwiderte die Mutter lächelnd.

„Bestimmt!" rief Putzi und schmiegte sich an sie.

Eine halbe Stunde später lag Putzi in der Badewanne und hatte ihre alte Blechtrompete neben sich auf dem Stuhl. Denn ein Bad ohne Trompete machte keinen Spaß. Das hatte sogar die Mutter eingesehen. Putzi war längst sauber geschrubbt. Aber sie hatte noch keine Lust, aus der Badewanne zu steigen. Huiii! – haute ihr Fuß aufs Wasser, daß es aufspritzte.

„Sturm", murmelte Putzi, „und was für ein Sturm! Mein Fuß ist jetzt ein Schiff. Jetzt geht es unter. So …" Sie hielt den Fuß unters Wasser. „Untergegangen!"

Putzi langte mit der patschnassen Hand nach der Trompete auf dem Stuhl und stieß ein schmetterndes „Tätärätätä!" aus.

„Kann man denn keine Sekunde Ruhe haben?" fragte in diesem Augenblick der Vater im Wohnzimmer und ließ die Zeitung sinken. „Was ist das nur für ein furchtbarer Krach?"

„Putzi in der Badewanne", erwiderte die Mutter. Da zuckte es um die Lippen des Vaters, und dann lachte er. „Oh, diese Putzi!"

„Nein, diese Putzi!" dachte etwas später auch die Mutter, als sie ins Badezimmer kam und die Überschwemmung sah. Aber sie konnte der kleinen Tochter nicht böse sein. Und als dann Putzi im Schlafanzug ins Eßzimmer kam – mit triefend nassen Haaren, aber glänzend vor Sauberkeit –, war der Vater sehr lieb zu ihr.

„Frau Maier hat gesagt, ich wäre berühmt", berichtete Putzi mit glänzenden Augen. „Und Ellinor hat gesagt, Mäxle wäre so freundlich. Ich mag sie gut leiden."

„Das freut mich", sagten da Vater und Mutter gleichzeitig. „Mich auch." Putzi biß in ihr Butterbrot. „Vater und Mutter haben gar nicht geschimpft", dachte sie glücklich. Sie bückte sich zu Mäxle und flüsterte ihm zu: „Ich will auch nie mit dir schimpfen, Hutzelputz."

Der Name war ihr gerade eingefallen. Sie fand, daß Mäxle ganz wie ein Hutzelputz aussah.

Putzi läuft auf Händen

In der Nacht hatte Putzi einen lustigen Traum: Sie war bei ihren Großeltern auf dem Lande. Ihr Lämmchen, das nun leider ein Schaf geworden war, spielte mit Mäxle. Und dann kamen auch noch das Pferd Anton dazu und die Kuh Trinle. Die Schnecken aber, die Frösche und die Blindschleiche aus Putzis Tiergarten schauten zu.

Putzi sprang aus dem Bett und lief ins Badezimmer. „Bitte, lieber Gott", betete sie beim Zähneputzen, „mache doch, daß ich öfters so schön träume. Dann macht das Schlafen viel mehr Spaß."

Für Fritz hatte Putzi nun gar keine Zeit mehr. Sie hatte Wichtigeres zu tun. Sie übte Kopfstand und Handstand – immer wieder. Dann wollte sie auf Händen laufen lernen. Als sie alles konnte, raste sie mit Mäxle zu Sabine und holte sie ab zu Ellinor. Denn Putzi hatte sich fest vorgenommen, die gelähmte Ellinor zum Lachen zu bringen.

Etwas später stand Putzi in Maiers Garten auf dem Kopf, und Ellinor sah staunend vom Rollstuhl aus zu. Als Putzi wieder auf die Füße sprang, guckte sie Ellinor an. Die lächelte, aber sie lachte nicht.

Sabine sah Putzi bewundernd an. Da kam Frau Maier in den Garten und stellte eine Kanne mit Kakao und einen Teller mit Kuchen auf den Tisch.

„Putzi kann Kopfstand machen, Mutter", rief Ellinor.

„Kann ich auch", sagte Putzi. „Soll ich noch mal?"

„Unbedingt." Frau Maier lachte.

Putzi guckte sie nachdenklich an. Sie konnte also

lachen. Putzi bückte sich, stützte sich auf die Hände und warf die Beine hoch. Nun stand sie auf den Händen.

„Großartig gemacht!“ sagte Frau Maier.

Putzi blieb auf den Händen stehen. Sie wollte sich gerade auf die Ellenbogen niederlassen, um so ihren Kopfstand zu machen. Aber da mußte sie mit einmal niesen und kugelte herum.

Mäxle lief zu ihr hin und stieß sie mit der Schnauze an. Er hatte sich erschrocken. Putzi nahm ihn in die Arme. Ellinor hatte sich in ihrem Rollstuhl etwas aufgerichtet und klatschte vor Freude in die Hände.

„Das war lustig!“ rief sie.

„Lustig!“ brummte Putzi und dachte: „Sie lacht ja gar nicht.“ Sie setzte sich mit Sabine an den gedeckten Tisch, und Frau Maier schob Ellinors Rollstuhl ganz nahe heran. Und dann aßen und tranken sie alle.

Nach einer Weile verabschiedete sich Frau Maier von den Kindern und ging ins Haus.

Da erzählte Sabine, daß Bertold nicht mehr Fußball spielen dürfe. Die Jungen wollten ihn nicht mehr dabeihaben, weil er Mäxle mit einem Stein geworfen hatte.

Putzi strahlte. Die Jungen waren doch nett. Und Fritz besonders.

„Das war richtig“, sagte Ellinor.

„Ja“, fuhr Sabine fort, „aber Fritz ist böse auf dich, Putzi, weil sie jetzt keinen Torwart mehr haben. Er sagt, mit dir wäre nichts mehr anzufangen.“

„Ich habe noch nie ein Fußballspiel gesehen“, sagte Ellinor da und seufzte.

Putzi sah sie mit großen Augen an. „Möchtest du es denn gern?“

Ellinor nickte.

„Putzi hat auch einen Tiergarten“, sagte Sabine. Putzi

trat ihr auf den Fuß. Sie war wütend, daß sie den Tiergarten verraten hatte. „Ist nichts weiter drin als allerliebste Schnecken und ein Haufen Frösche und…" Putzi brach mürrisch ab.

„So einen Tiergarten hätte ich auch gern", sagte Ellinor und sah traurig aus.

Putzi bemerkte es und biß sich auf die Unterlippe. Der Hals wurde ihr plötzlich so komisch eng, und sie schluckte ein paarmal. Ob sie ihren Tiergarten Ellinor schenkte? Dann hätte sie immer noch ihren Hutzelputz. Denn Ellinor hatte nicht einmal einen Hund. Mit einem Male lachte Putzi leise. „Ja, das wäre viel besser", dachte sie.

Putzi stand auf. „Wiedersehen, Ellinor." Sie gab ihr die Hand. „Wenn du morgen Tätärätätä hörst, dann sind wir das. Und dann kannst du vom Balkon aus zusehen." Sie rief Mäxle und lief davon.

„Was heißt das? Was hat sie nur?" fragte Ellinor.

„Einen Einfall", erwiderte Sabine. „Putzi hat immer Einfälle." Sie trank hastig ihren Kakao aus und lief hinter Putzi her. Aber sie holte sie erst auf der Straße ein. Und das nur, weil der Hund sein Beinchen an einem Baum hochhob und Putzi neben ihm stehenbleiben mußte.

„Du bist ganz garstig", rief Putzi wütend. „Ellinor sollte doch nichts von meinem Tiergarten wissen. Sie mag doch Frösche und Schnecken auch so gern." Putzi schnaubte und fuhr sich mit der Hand über die Nase.

„Na eben", sagte Sabine verwundert.

„Hach, bist du dumm!" fuhr Putzi sie an. „Sie kann doch selbst keine Tiere sammeln. Deshalb ist sie jetzt traurig. Ich bin aber hingegangen, damit sie lacht."

„Ach so", sagte Sabine verlegen.

„Geh sofort zu Fritz und bestell ihm, daß ich wieder Torwart sein will. Und er soll morgen um zehn Uhr mit dem ganzen Verein an der Waldstraße vor Maiers Haus sein. Verstanden?“

Sabine nickte.

Putzi begann vor Vergnügen zu hüpfen. „Und du kommst auch und paßt auf Mäxle auf. Wiedersehen!“ Schon war sie auf und davon.

Sabine blickte ihr nach. „Wie die Putzi flitzen kann!“ dachte sie ein wenig neidisch, und sie seufzte. Putzi konnte überhaupt so viel. Sogar Kopfstand und Handstand und auf den Händen laufen.

Putzi stürmte in die Küche und füllte Mäxles Napf mit frischem Wasser. Der Hund schlappte es gierig auf. Der rasche Lauf hatte ihn durstig gemacht. Die Mutter stand vor dem Herd.

„Du, Mutti, können eigentlich gelähmte Mädchen nicht lachen?“ fragte Putzi und hielt einen Augenblick die Luft an, so gespannt war sie.

Da drehte sich die Mutter um, den Kochlöffel in der Hand. „Sie können es wohl“, entgegnete sie langsam, „aber ich denke mir, daß es ihnen schwerer fällt als Gesunden. Sie müssen auf so vieles verzichten. Vielleicht haben sie dadurch das Lachen verlernt.“

„Hm“, machte Putzi. „Meinst du, daß sie über ein Fußballspiel lacht? Sicher, nicht? Aber du mußt die alte Trompete noch einmal rausrücken. Tust du das?“ Und dann erzählte sie der Mutter alles.

Da fand es auch die Mutter richtig, daß die kleine Tochter wieder Torwart sein wollte. Dann kam auch Paps, und sie aßen alle zusammen zu Abend. Und als Putzi schließlich im Bett lag, hielt sie die alte Blechtrompete in beiden Händen. Eigentlich hatte sie darauf nur noch in der Badewanne spielen wollen, aber nun war das ja etwas anderes. „Findest du doch auch, Hutzelputz, nicht?“ fragte

Putzi und gähnte, und dann fielen ihr auch schon die Augen zu.

Ellinor kann doch lachen

„Morgen, Jungs“, sagte Putzi zu der versammelten Schar vor Maiers Haus. „Seid ihr alle da?“

„Wir sind alle da, Torwart Putzi.“ Fritz grinste. „Und die nicht da sind, können's dir nicht sagen.“

Putzi brach in Lachen aus. Das war wieder einmal echt Fritz!

„Jörg fehlt noch“, sagte Fritz da.

„Der kommt aber spät“, murrte Putzi.

„Der kommt immer pünktlich“, ertönte eine Stimme hinter ihr, und Putzi drehte sich um. Sie sah einen kleinen, dicken Jungen. Er war viel kleiner als sie und hatte eine Stupsnase. „Guten Morgen, Jörg.“ Putzi wollte ihm die Hand geben, aber er stand zu weit. Und er kam keinen Schritt näher heran.

„Der hat Angst vor dem Hund“, spottete ein Junge.

„Ich? Ich hab' doch keine Angst vor 'nem Hund.“ Jörg stellte ein Bein vor, Mäxle riß an der Leine und beschnupperte es.

„Tollkühn, das bin ich“, murmelte Jörg.

Da schlug es mit hallenden Schlägen zehn Uhr.

„Du bist doch nicht zu spät gekommen“, sagte Putzi zu Jörg. Der schüttelte den Kopf. „Wenn ich sag', ich bin pünktlich, bin ich's auch.“

„Und wenn du sagst, du bist tollkühn, dann bist du's auch“, äffte Putzi ihn nach.

Das ärgerte Jörg. Er kam ganz dicht an sie heran, bückte sich und streichelte Mäxle.

„Guckt euch den Jörg an!" johlte ein Junge. „Der Hund ist fast größer als er", rief ein anderer. „Jörg ist eben in der falschen Richtung gewachsen", sagte Fritz, und alle brüllten vor Lachen.

Putzis grüne Augen funkelten vor Wut. „Ihr seid gemein!" fuhr sie die Jungen an. Dann legte sie den Arm um Jörg. „Ich mag dich wohl leiden", sagte sie tröstend. „Und überhaupt ist es ganz egal, daß du ein bißchen kleiner bist. Einige wachsen eben langsamer."

„Los, aufstellen!" rief Fritz ungeduldig. „Wir wollen anfangen."

Putzi sah, daß zwei Jungen schon Rechtecke mit weißer Kreide auf die Straße gemalt hatten. Das waren die beiden Tore. „Nein!" schrie sie. „Es kann noch nicht losgehen. Sabine fehlt. Sie muß Mäxle halten."

Fritz strich sich eine weißblonde Haarsträhne aus der Stirn und sang:

„Sabine wollt' aufpassen.
Nun hat sie dich verlassen."

„Hat sie nicht!" Putzi stampfte mit dem Fuß auf. Und da kam auch schon Sabine angerannt. „Ich mußte der Mutter erst helfen", stieß sie keuchend hervor.

„Da." Putzi gab ihr die Leine. „Ihr beiden setzt euch neben dem Weg ins Gras. Aber laß Mäxle nicht los." Sabine versprach es. Mäxle wehrte sich, doch Sabine zerrte ihn hinter sich her.

Putzi nahm die Blechtrompete aus der Hosentasche und blies ein lautes „Tätärätä!" Die beiden Mannschaften stellten sich einander gegenüber auf. Und alle blickten gespannt zum Balkon von Maiers Haus hinauf. Ganz still war es jetzt. Fritz hatte den Fußball im Arm und stand kerzengerade. Und Putzi bekam vor lauter Aufregung Herzklopfen. Da ging die Tür zum Balkon auf. Ellinor wurde im Rollstuhl herausgeschoben und winkte ihnen zu. Da hoben Putzi und die Jungen die Hand und winkten zurück, und dann ging es los.

Putzi im Tor ließ den Ball nicht aus den Augen. Auf die anderen Spieler achtete sie gar nicht. „Ich kann schon viel besser spielen“, dachte sie glücklich; denn sie hatte bis jetzt noch keinen Ball durchgelassen. Bis jetzt.

Mit einem Male erblickte sie den dicken Jörg. Und da vergaß sie ganz, auf den Ball zu achten. So wunderte sie sich, daß der Kleine auf seinen kurzen Beinchen so gut rennen konnte. Und schon jubelten die Jungen von der Gegenpartei: „Tor! Tor!“

Putzi biß sich wütend auf die Lippen. Der Ball war genau über ihren Kopf weggesaust. Und sie hatte ihn nicht erwischt. Sie wollte ihm gerade nach, da sah sie, wie Mäxle das schon tat. Laut bellend raste er hinter dem Ball her. Und Sabine raste hinter Mäxle her.

„Das darfst du nicht! schrie sie. „Ich soll doch auf dich aufpassen.“ Jetzt war sie ganz nahe an Mäxle herangekommen. Schon streckte sie die Hand aus, um ihn beim Halsband zu packen. Da stieß er mit der Schnauze an den Ball. Und der Ball rollte weiter bis auf die Wiese neben der Straße. Putzi und die Jungen rasten los. Aber Putzi bekam den Ball als erste zu fassen. Sie hob ihn hoch und drehte sich um. Da sprang Mäxle sie so stürmisch an, daß sie stolperte. Putzi geriet mit dem Fuß in ein Loch und fiel der Länge nach hin. Aber den Ball ließ sie nicht los.

„Ich konnte Mäxle nicht halten. Er hat sich losgerissen. Bestimmt!“ hörte sie Sabine rufen. Und dann fühlte Putzi etwas Feuchtes in ihrem Nacken. Mäxles Zunge, die sie liebevoll leckte.

Putzi sprang auf. Die Arme taten ihr weh von dem Sturz und die Knie – und der Bauch auch ein bißchen. Das kam von dem harten Ball. Aber viel schlimmer war, daß das ganze Fußballspiel verunglückt war. „Du solltest doch nicht Fußball spielen, sondern wir", sagte sie zu Mäxle und schluckte. Sie guckte mit großen Augen zu Ellinor auf dem Balkon hinauf.

„Ellinor hat gelacht, nicht?" murmelte sie. „Ihr habt es auch gehört, daß sie gelacht hat?!"

Die Jungen umringten sie mit wütenden Gesichtern. „Sie hat uns ausgelacht", brummte Fritz. „Mädchen beim Fußballspiel, das ist nie richtig", behauptete ein anderer.

Putzi achtete nicht auf sie. Sie begann vor Freude zu hüpfen. Immer von einem Fuß auf den anderen. So hüpfte sie zu der Hecke von Maiers Haus zurück. Mäxle machte das Spaß; er sprang an ihr hoch und bellte. Putzi guckte nur zum Balkon hinauf. Und da – da lachte Ellinor wieder! Ganz deutlich hatte Putzi es jetzt gehört. Sabine ging neben ihr und hatte es auch gehört. „Du hast sie zum Lachen gebracht, Putzi", sagte sie.

Putzi nickte mit glühendem Gesicht. „War putzig, nicht?" rief sie zu Ellinor hinauf und blieb stehen.

„Putzig!" wiederholte Fritz wütend. „Wir spielen doch nicht Fußball, damit ihr das putzig findet."

„Wir doch nicht, sondern Ellinor", rief Putzi mit leuchtenden Augen. Und dann erzählte sie ihm, warum sie sich so über Ellinors Lachen freute. Da war Fritz nicht mehr wütend und freute sich auch. Mit einmal hatte niemand mehr Lust, noch länger zu spielen. Die Jungen verschwanden einer nach dem anderen. Aber alle hoben erst die Hand und winkten der gelähmten Ellinor zu. Und Ellinor winkte zurück. Sie sah glücklich aus.

Schließlich waren nur Fritz und Jörg bei den Mädchen

zurückgeblieben. Jörg hatte jetzt gar keine Angst mehr vor Mäxle. Er bückte sich und streichelte mit seinen dikken Fingern das Fell des Hundes. „Du hast es sicher gut bei Putzi", sagte er dabei. Und Putzi sah ihm lachend zu.

Putzi blickte zum Balkon hinauf, aber Ellinor war nicht mehr da. Der Himmel war grau geworden, und die Wolken hingen tief herab. Kalter Wind kam auf, es sah sehr nach Regen aus. „Los, kommt!" rief Putzi und lief mit großen Sprüngen die Straße entlang. Und schon fielen – klatsch, klatsch, klatsch – dicke Regentropfen.

Putzi zog Jörg in einen Hauseingang. „Du bist so klein", sagte sie. „Deshalb darfst du nicht naß werden. Und frieren darfst du auch nicht." Sie zog ihre Strickjacke aus und legte sie Jörg über die Schultern. Sabine und Fritz drängten sich neben sie. Mäxle hockte hinter ihnen und streckte ab und zu den Kopf zwischen Putzis Beinen hervor. Der Regen prasselte hernieder, und die Straßen waren menschenleer. Alle waren rasch vor dem Regen geflüchtet.

Putzi sah die glänzenden Pfützen. „Es macht Spaß, im Badeanzug im Regen herumzuspringen", sagte sie sehnsüchtig. Das hatte sie daheim im Garten oft getan.

„Mir nicht", sagte Sabine.

„Mir wohl", behauptete Jörg, und Putzi wollte ihm gerade sagen, daß er es aber nicht tun dürfe. Da hörte der Regen ganz plötzlich auf. Putzi nahm ihre Jacke, und sie gingen weiter. Auf dem Marktplatz guckten sie in den Kastenbrunnen und zählten die Goldfische. Vierzehn waren es. Die Kinder setzten sich auf den Rand des Bekkens, ließen die Beine baumeln und guckten sich den Betrieb auf dem Marktplatz an. Drei Autobusse standen da, und viele Leute aus der Umgebung stiegen ein. Sie hatten Einkäufe im Städtchen gemacht und wollten jetzt zurück auf die Alb.

P

Als der letzte Autobus davonrollte, sah Putzi eine alte Frau darin. Sie trug ein Kopftuch und lachte ihr mit zahnlosem Mund zu. Putzi erkannte sie sofort wieder, setzte die Trompete an den Mund und schickte ihr ein schmetterndes „Tätärätätä“ nach.

„Von der haben wir Mäxle“, erklärte sie dann den anderen und sprang vom Rand des Brunnens hinab. „Das war fein heute“, murmelte sie. „Ellinor kann doch lachen. Aber wenn Mäxle nicht gewesen wäre, hätte sie vielleicht nicht gelacht.“

Wir wollen Freunde sein

Die Sonne schien, aber die Wiesen waren noch naß vom Regen. Über die Vorberge der Schwäbischen Alb zog Nebel. Putzi stieg mit Jörg und Mäxle eine steile Wiese hinauf. Sie hatte ihre Sandalen ausgezogen und über die Schulter gehängt. Es machte viel mehr Spaß, barfuß durch das nasse Gras zu gehen. Fritz und Sabine waren weit voraus und schon viel weiter oben.

Putzi blickte zu den Bergen hinauf. „Schön, nicht? Der Nebel spielt Verstecken mit den Bergen.“

„Au ja!“ rief Jörg und lachte.

„Weißt du was?“ sagte Putzi leise und guckte immer noch zu den Gipfeln hinauf. „Du könntest eigentlich mein Brüderchen sein, Jörg. Willst du das?“

Jörg schnaufte. Er wollte gern ein Brüderchen von Putzi sein. „Aber...“, stotterte er, „aber ich habe doch ganz andere Eltern.“

„Weiß ich.“ Putzi runzelte die Stirn. „Deshalb können wir doch so tun, als ob.“

Jörg pustete die dicken Backen auf und nickte heftig. „Ja, das können wir."

„Fein!" jubelte Putzi. Und dann erzählte sie ihm von dem Brüderchen, das sie einmal gehabt hatte. Es war vor mehr als einem Jahr gestorben.

„Und jetzt bist du mein heimliches Brüderchen!"

„Ja, dein heimliches Brüderchen", wiederholte Jörg langsam.

Putzis Augen funkelten. „Außer uns darf es aber niemand wissen. Und du mußt jetzt alles tun, was ich dir sage." Aber das paßte Jörg nicht. „Nicht alles", brummte er.

Da rief Fritz von oben. „Kommt ihr beiden Schnecken auch noch?" fragte er. Er saß im Gras, und Sabine stand neben ihm. Putzi und Jörg stapften schneller bergauf. Als sie bei den anderen ankamen, stand Fritz sogleich auf.

„Endlich", murrte er, denn sie wollten noch im Wald Verstecken spielen.

Aber Putzi meinte, das habe noch Zeit. „Erst wollen wir kugeln", entschied sie. Fritz war einverstanden, und Jörg klatschte vor Vergnügen in die Hände. Nur Sabine machte ein ängstliches Gesicht.

„Du kugelst nicht, Jörg", fuhr Putzi fort. „Das Gras ist zu naß für dich." Jörg wollte widersprechen, aber da sagte Putzi schon, er dürfe Schiedsrichter sein und aufpassen, wer als erster unten vor der Birke ankäme. „Und der Sieger kriegt von mir Bonbons", schloß sie und legte sich auf die Seite ins Gras.

„Achtung! – Fertig! – Los!" kommandierte Putzi. Und schon rollte sie den Hang hinunter. Das war ein herrliches Gefühl. Einmal war ihr Kopf unten und das Gras ganz nahe, ein andermal war der Kopf oben, und sie sah über sich den grauen Himmel. Dann spähte sie nach der Birke aus. Niemand war vor ihr!

Als Putzi vor der Birke zum Halten kam, sah sie Fritz den Hang hinunterkullern. Sie setzte sich hin und strampelte mit den Beinen. „Ich war zuerst da!“ schrie sie.

„Du hast gewonnen“, gab Fritz zu. „Deine Bonbons kannst du behalten.“

Putzi lachte. Sie freute sich, daß sie Siegerin im Kugeln gewesen war. Aber die Bonbons, die wollte sie mit allen teilen.

Da kam Jörg angelaufen. „Du bist gar nicht Siegerin“, rief er. „Mäxle ist erster.“

Putzi drehte sich um. Sie sah Mäxle unter sich, hinter der Birke. Er trottete gerade wieder die Wiese hinauf. Putzi kratzte sich den rotblonden Haarschopf. Sie sah ratlos aus. „Was machen wir…“ Putzi brach ab. Sie hatte Sabine erblickt. Und Sabine stieg ganz gemütlich den Hang hinunter. Als sie bemerkte, daß die anderen sie verwundert anstarrten, setzte sie sich rasch auf den Hosenboden und rutschte das letzte Stück.

„Ich kann doch nicht kugeln“, meinte Sabine kläglich.

„Dann mußt du's eben lernen“, erwiderte Fritz.

„Ich will dir's wohl beibringen“, erklärte sich Putzi bereit. Sabine kicherte plötzlich. „Erst wird dir deine Mutti was beibringen“, stieß sie hervor.

Was meinte sie nur? Putzi guckte an sich herunter. Und Fritz brüllte mit einmal vor Lachen.

„So!“ sagte Putzi wütend. Ihre weiße Bluse war stellenweise grün geworden, grasgrün. „Grün ist auch viel hübscher“, murmelte sie trotzig. „Weiß hab' ich nie ausstehen können.“ Sie blickte Fritz an. Fritz war auch den Hang hinuntergekullert, aber ihm sah man es nicht an. Er trug ein dunkelgrünes Hemd.

Jörg sah sie mitleidig an und knöpfte sein Hemd auf. „Du kannst meins haben“, sagte er.

„Quatsch“, fiel Fritz ein. „Wenn Putzi mit ’nem Jungenhemd nach Hause kommt, merkt es die Mutter erst recht. Zieh doch deine Strickjacke an, Putzi.“

„Ja, und deine Bluse nehme ich mit“, schlug Sabine vor. „Bei uns ist heute Waschtag. Morgen bringe ich sie dir wieder.“

„Gib mir deine Bonbons“, forderte Fritz sie auf. „Ich tausche sie dir gegen Wurst um für Mäxle.“ Fritz hatte nämlich einen Freund, dessen Vater Metzger war.

Putzi lachte übers ganze Gesicht. Sie zog ihre Bluse aus und schlüpfte in ihre Strickjacke. Die Bonbons gab sie Fritz.

„Hach, seid ihr alle nett!“ sagte sie und sprang auf. „Ich mag euch ganz furchtbar gern leiden! Wir wollen immer Freunde sein, wir vier, nicht?“

„Ja!“ riefen Sabine und Jörg gleichzeitig, und Fritz nickte stumm.

„Jetzt mußt du ein Gedicht drauf machen, Fritz“, sagte Putzi aufgeregt.

Fritz überlegte einen Augenblick, und alle sahen ihn gespannt an.

Dann grinste er und donnerte los:

„Wir wollen Freunde sein für jetzt und immer. Und wer’s nicht will, wird’s nimmer!“

Putzi sah ihn bewundernd an und sagte: „Das war aber ein feines Gedicht.“ Sie gingen den Wiesenpfad hinab und sagten unterwegs Fritz’ Gedicht auf. Unten auf der Straße verschwand Fritz in einer Metzgerei. „Jetzt brauchen wir noch ’ne Melodie“, sagte Putzi träumerisch, „dann haben wir ein eigenes Lied.“

„Ich weiß eine“, rief Jörg und sang sie ihnen vor. Es war die Melodie eines Kinderliedes, das sie alle kannten, und als Fritz aus dem Laden kam, kommandierte Putzi: „Eins, zwei …" Dann sangen sie ihm ihr Lied vor. Und Mäxle fraß seine Wurst, spitzte die Ohren und hörte zu.

„Schade, daß es nur eine Strophe hat", sagte Putzi bedauernd, als sie weiterzogen.

Daheim schlich Putzi auf Zehenspitzen in ihr Zimmer und zog eine saubere Bluse an. Und niemand merkte es. Dann lief sie mit Mäxle in den Garten, setzte sich auf den Rand des Wasserbeckens und fütterte die beiden Goldfische Bernhard und Arthur. Sie war sehr glücklich. Jetzt hatte sie vier gute Freunde. Und Jörg war zudem ihr heimliches Brüderchen.

Putzi wandte den Goldfischen den Rücken und guckte auf den Rasen. Erst war nichts zu sehen. Als sie aber lange Zeit in alle Richtungen geschaut hatte, erblickte sie einige Frösche aus ihrem Tiergarten. Und dann kam auch das Schneckchen Amanda durch das hohe Gras gekrochen. Amanda mit dem roten Kreis auf ihrem Häuschen. Und zum Schluß sah Putzi auch die Blindschleiche. Die bekam sie nur selten zu sehen, weil sie sehr scheu war. Deshalb freute sich Putzi nun um so mehr.

Putzi blickte noch auf den schillernden Schlangenleib, da hörte sie eine Ziehharmonika auf der Straße. Und Mäxle jaulte. Ausgerechnet Mäxle, der sich durch Blindschleichen, Frösche und Schnecken nicht aus seiner Ruhe bringen ließ, heulte jetzt.

„Ruhig!" rief Putzi. Mäxle hörte auf zu jaulen.

Aber nun hörte auch die Ziehharmonika auf. Putzi lief vors Haus. Ein alter Mann in einem geflickten, abgetragenen Anzug hängte sich gerade die Ziehharmonika über die Schulter und wollte weitergehen. „Halt!" schrie Putzi. Der Mann blieb stehen und guckte sich um. Putzi gab ihm fünfzig Pfennig. Es war ihr ganzes Geld. „Spielen Sie dafür noch fünfmal vor unserm Haus?“ fragte sie. „Aber direkt vor der Pforte und ganz laut.“

Der Mann nickte grinsend. Putzi sang ihm das Lied der Freunde vor. „Können Sie das spielen?“ fragte sie und guckte ihn gespannt an. „Kann ich“, brummte er.

Putzi begleitete den alten Mann bis zur Pforte. Dann lief sie in den Garten und setzte sich unter dem alten Nußbaum ins Gras. Sie nahm Mäxle auf den Schoß und hielt ihm die Schnauze zu. Der Mann begann zu spielen, und Putzi sang laut mit. Da kamen viele Schnecken angekrochen, und alle streckten erst neugierig die Fühler aus, dann die Köpfchen. Und es war, als lauschten alle dem Lied – dem Lied der Freunde. Nur die Frösche und die Blindschleiche blieben diesmal unsichtbar.

Als der Mann zum drittenmal spielte, ging Putzi zum Becken. Sie wollte sehen, ob die Goldfische auch Musik mochten.

Aber was war das? Plötzlich brach die Musik ab. Statt dessen hörte sie die ärgerliche Stimme des Vaters im Haus:

„Nun habe ich dem Mann Geld gegeben, damit er endlich weiterzieht. Und was macht er? Kommt zurück und spielt wieder.“

„Und wie bist du ihn jetzt losgeworden?“ hörte Putzi die Mutter fragen.

„Ich hab’ ihm eine Mark gegeben. Nun soll wohl Schluß sein.“

Ja, nun war Schluß. Putzi hörte den Mann nicht mehr spielen. Aber sie freute sich, daß er so viel Geld bekommen hatte. Erst von Paps, dann von ihr, und dann nochmal von Paps. Und wenn Paps sich auch ärgerte, sie wußte doch jetzt, daß Schnecken Musik ebenso gern hatten wie sie, Putzi.

Der Tiergarten im Suppentopf

Der letzte Ferientag war da. Und Putzi faßte den schwersten Entschluß ihres achtjährigen Lebens: sie löste „Putzi Kolls Tiergarten“ auf. Sabine war auch dabei. Aber sie guckte nur zu. Sie faßte nicht mit an. Dazu hatte sie viel zuviel Angst vor den Schnecken und Fröschen – und vor allem vor der Blindschleiche. Aber vor der Blindschleiche hätte sie gar keine Angst zu haben brauchen; denn sie ließ sich nicht sehen.

„Als ob sie etwas geahnt hätte“, murmelte Putzi und tat einen Frosch in den großen Topf, in dem ihre Mutter sonst die Suppe kochte. Jetzt wimmelte es darin von Schnekken und Fröschen.

„Hast du sie noch nicht alle?“ fragte Sabine. Sie saß mit angezogenen Knien auf dem Stuhl. Es hätte sie ja sonst ein Frosch anspringen können.

Putzi schüttelte den Kopf. „Ein paar Frösche fehlen noch und Amanda. Lauf ins Haus und guck noch, wie spät es ist. Um vier Uhr wollte Mutti zurück sein. Und sie soll nichts merken.“

Aber Sabine rührte sich nicht. Die Frösche waren ja noch nicht alle eingefangen. Plötzlich spitzte Putzi die Ohren. Sie hatte gehört, daß jemand ins Haus gekommen war. „Abhauen!“ rief sie Sabine zu, nahm den Topf in die Hand und verschwand im Gebüsch. Sabine wischte hinterher.

Im Gebüsch kauerten sie sich hin und lauschten. Eine Tür wurde zugeschlagen. Dann ertönten Schritte, die lang-

sam näher kamen. Ganz still saßen die Mädchen und wagten kaum zu atmen. Jetzt hielten die Schritte an, und sie hörten Plätschern von Wasser. Putzis Mutter hatte den Springbrunnen angestellt. Und das hieß, daß sie länger im Garten bleiben wollte.

„Ab über die Mauer“, flüsterte Putzi der Freundin zu. Sabine sah sie erschrocken an. Über die Mauer in den Nachbargarten? Nein, da mochte sie nicht mit. Putzi schlich gebückt zur Mauer. Die war viel niedriger als das Gebüsch davor. Putzi reckte sich und stellte den Topf auf die Mauer. Dann zog sie sich hinauf und sprang in den Nachbargarten. Als Sabine es sah, machte sie doch mit.

Putzi hielt den Topf im Arm und drückte sich an die Mauer. Im Topf kribbelte und krabbelte es. Die Frösche wollten hinaus. Putzis Herz klopfte heftig.

Da hörte sie hinter sich ein Geräusch. Sabine war endlich auf der Mauer. Aber auch ihre Mutter hatte das

Geräusch gehört. „Ist da jemand?“ rief sie. Da sprang Sabine hinunter – und fiel lang hin. Vor ihnen im Nachbarhaus wurde ein Fenster aufgerissen. Eine Frau beugte sich heraus.

„Ist da jemand?“ fragte auch sie.

„Liegenbleiben!“ zischte Putzi und hockte sich hinter einen Johannisbeerstrauch. Nach einiger Zeit stand sie vorsichtig auf und lugte durch die Zweige. Das Fenster stand noch offen, aber die Frau war nicht mehr zu sehen. Da rumpelte auf der Straße ein schwerer Lastwagen vorbei. Putzi preßte den Topf an sich und raste geduckt auf die Straße, Sabine hinterher.

Auf der Straße guckten sich die beiden Mädchen an.

„War doch lustig, nicht?“ meinte Putzi.

„Nein“, sagte Sabine. Sie war den Tränen nahe. Sie mochte sich nicht im Gebüsch verstecken und über Mauern in fremde Gärten klettern. Wenn man aber eine Freundin wie Putzi hatte, mußte man das alles tun. Das und noch ganz andere Sachen.

Unterwegs erzählte Putzi, daß sie der Mutter eine Überraschung bereiten wollte, weil sie oft über die Frösche und Schnecken geschimpft habe.

„Hätte ich auch“, sagte Sabine.

„Ellinor nicht. Die freut sich.“

Sabine blieb stocksteif stehen und starrte Putzi an. „Du bringst sie zu Ellinor?“ fragte sie.

„Klar“, sagte Putzi, „das hatte ich schon lange vor. Schon seit damals, als du ihr von meinem Tiergarten erzählt hast. Aber... aber es war so schwer, mich von ihnen zu trennen. Jetzt tu ich's, weil morgen die Schule wieder anfängt. Und dann haben wir doch nicht mehr so viel Zeit für Ellinor.“

„Hm“, machte Sabine, weiter nichts. Da waren sie vor

Maiers Garten angekommen. Die Pforte war offen, und sie gingen auf den Steinplatten zum Haus hinauf.

Sabine mußte den Topf halten, weil Putzi gern hüpfen wollte, doch sie hielt den Topf so weit von sich, als könnte er jeden Augenblick explodieren.

Dann bogen sie ums Haus und sahen auf dem Rasen Ellinor im Rollstuhl und daneben ihre Mutter, die ihr aus einem Buch vorlas. Putzi nahm jetzt den Topf wieder. Sabine packte sie am Arm. „Frau Maier ist da!“ sagte sie aufgeregt. „Seh' ich doch“, versetzte Putzi.

„Ja, aber...“, stammelte Sabine ängstlich. „Vielleicht mag sie auch keine Frösche und alles das.“ Sie hielt Putzi immer noch am Arm fest.

Putzi riß sich los. „Ich bringe sie ihr ja gar nicht mit, sondern Ellinor.“

Da hatte Frau Maier die Kinder erblickt und winkte ihnen zu. „Das ist aber nett von euch, daß ihr Ellinor noch an eurem letzten Ferientag besucht“, rief sie. „Ja.“ Putzi nickte. Sabine sagte gar nichts. Und da waren sie auch schon vor Ellinors Rollstuhl und begrüßten sie.

„Was hast du denn in dem großen Topf?“ fragte Frau Maier. Putzi gab keine Antwort. Sie hielt ihr den Topf unter die Nase und nahm den Deckel ab. Ein Frosch sprang heraus und Frau Maier mitten ins Gesicht. „Huh!“ schrie sie entsetzt.

„Oh!“ machte Putzi. „Der Frosch hat sich aber erschrokken!“ Sie bückte sich und hielt den Topf schräg. Und schon wimmelte es auf dem Rasen von davonhüpfenden Fröschen. Putzi stellte den Topf hin, und die Schnecken krochen heraus.

Da hatte Frau Maier die Sprache wiedergefunden. „Was soll das, Putzi?“ rief sie. „Fang die Tiere sofort wieder ein! Schämst du dich denn gar nicht?“

„Das war Putzis Tiergarten“, sagte da Sabine. „Und sie hat alles Ellinor gebracht, damit sie sich freut.“

„Putzi soll sie nicht wieder mitnehmen“, schluchzte Ellinor. „Sie hat sie mir geschenkt.“

Frau Maier sah ganz verwirrt aus. „Nun gut, wenn es dir Freude macht, Ellinor“, sagte sie schließlich, „dann darfst du sie natürlich behalten.“

„Siehst du!“ Putzi lachte. „Amanda ist zu Haus geblieben. Ich konnte sie nicht finden. Sie hatte sich versteckt“, erklärte sie. „Aber die kriegst du das nächste Mal. Und das da ist Angelika.“ Putzi wies mit dem Fuß auf die Schnecke mit dem grünen Kreis auf dem Haus. Angelika hatte es gar nicht eilig. Sie blieb im Gras sitzen, und jetzt streckte sie die Fühler aus. „Sie will nicht weg von mir!“ rief Ellinor und lachte. Putzi guckte sie an, und ihre grünen Augen glitzerten. „Ich hab's gern, wenn du lachst. Deshalb habe ich dir auch meinen Tiergarten gebracht.“

„Ja, das stimmt, Frau Maier“, sagte Sabine. „Putzi hat Ellinor immer zum Lachen bringen wollen.“

Putzi baute sich vor Ellinors Rollstuhl auf. „Siehst du, jetzt bist du nie mehr allein.“ Sie gab Ellinor den Zettel, auf dem die Namen ihrer Schnecken standen. Dann schaute sie umher. Angelika war immer noch da.

Putzi hatte mit einmal so ein komisches Gefühl in der Kehle – als ob da ein Kloß steckte, der nicht hinunterrutschen wollte. Wenn sie wieder daheim vor dem Springbrunnen säße, würde ihr der Rasen leer vorkommen. „Schnecken hören gern Musik“, murmelte sie verträumt. „Stellt ihr mal das Radio für sie an? Und – Salat müßt ihr ihnen auch immer zu fressen geben. Tut ihr das?“

„Das werden wir alles tun“, versprach Frau Maier.

„Dann ist's ja gut“, sagte Putzi mit einem tiefen Seufzer und hockte sich vor Ellinor ins Gras.

„Liest du auch so gern?“ fragte Ellinor.

Putzi nickte heftig. „Wenn’s kalt ist und regnet.“

„Mutter hat mir gerade eine Geschichte vorgelesen“, sagte Ellinor. „Darin kam ein Junge vor, der die Sprache der Bären versteht.“

„Könnte ich auch, wenn ich Bären hätte.“ Putzi legte sich lang ins Gras und stützte die Ellenbogen auf. „Ich will Tierbändigerin werden und Bären und Löwen zähmen.“

„Oh!“ rief Ellinor, „ich möchte so gern eine Geschichte haben von einem Mädchen, das Löwen bändigen kann.“

Putzi richtete sich auf. „Kannst du haben!“

„Und wann kriege ich die Geschichte von dem Löwen?“ fragte Ellinor.

Putzi sprang auf und kratzte sich nachdenklich am Bein. „Die kriegst du bald schon. Wiedersehen, Ellinor.“

Sie gab ihr die Hand. Dann gab sie Frau Maier die Hand und guckte sie mit großen Augen an. „Ich bin berühmt, nicht?“ fragte sie.

„Sicher“, erwiderte Frau Maier lächelnd. „Im ganzen Städtchen kennt man doch die Putzi.“

Putzi marschierte davon, die Hände auf dem Rücken, den Kopf nachdenklich gesenkt. „Ade.“ Sabine machte einen Knicks vor Frau Maier. Dann nahm sie den Topf, den Putzi vergessen hatte, und jagte hinter ihr her. Putzi ging langsam die Steinplatten hinunter, als Sabine sie einholte.

„Dein Topf“, stieß Sabine hervor. Putzi nahm ihn, aber ihre Gedanken waren anderswo. „Es war einmal ein großer Löwe“, begann sie. „Groß und stark war er. Und er lebte ...“ Sie blickte zu den Vorbergen der Schwäbischen Alb hinüber, die gerade noch über der Hecke sichtbar waren. „Oh, ich weiß. Er lebte in der Höhle. Weil er aber nicht allein sein mochte, kam er oft heraus.“

„Nee“, sagte Sabine und stieß die Gartenpforte auf. „Er kam raus, weil er Hunger hatte.“

„Deshalb auch“, gab Putzi zu. „Hauptsache, ich finde und zähme ihn.“

„Aber du kannst ihn gar nicht finden, weil es hier keine Löwen gibt“, wandte Sabine ein.

Putzi seufzte ungeduldig. „Ich denke mir doch die Geschichte aus für Ellinor!“ rief sie. „Und wenn ich mir was ausdenke, kann der Löwe leben, wo er will.“

Sabine dachte darüber nach. Dann nickte sie. „Ja, das stimmt. Aber du mußt die Geschichte aufschreiben. Ellinor will sie lesen.“

Putzi zog ein Schnäuzchen. Sie schrieb nicht gern. „Will ich wohl.“

Und dann lief sie davon und ließ Sabine einfach stehen. Sabine riß die Augen auf und blickte ihr noch. Manchmal war es schwer, Putzi zu verstehen. Was sie wohl jetzt wieder vorhatte? Das war doch gar nicht ihr Heimweg!

Der Löwe und die Beule

Putzi hatte den Weg ins Wiesental eingeschlagen, in dem sie damals Indianer gespielt hatten. Sie wollte in die Höhle im Wald, damit sie wüßte, wie es dort aussah, wo ihr Löwe hauste. Sie stellte den großen Suppentopf in einen Graben und begann zu laufen.

Längst waren die letzten Häuser des Städtchens hinter ihr zurückgeblieben. Zu beiden Seiten waren jetzt buckelige Wiesen mit Obstbäumen. Es roch nach Heu und Kräutern.

Putzi wußte genau, wo die Felsen waren, hinter denen sie sich damals versteckt hatten. Und hinter den Felsen wäre die Höhle, hatte Sabine gesagt. Aber das letzte Mal hatten sie einen Umweg gemacht, und das wollte sie jetzt nicht.

Sie lief zum Bach. Dort zog sie ihre Leinenschuhe aus und setzte einen Fuß ins Wasser. Brr – war das kalt! Putzi schüttelte sich. Und die Steine waren so glitschig. Aber da lag ja ein großer Stock am Ufer! Putzi bückte sich vorsichtig und hob ihn auf. Sie setzte behutsam einen Fuß vor den anderen und stützte sich auf den Stock.

Das Wasser schäumte und gluckste um ihre Füße. Jetzt war sie schon mitten im Bach. Da ging es mit einmal so tief hinunter, daß das Wasser über ihre Knie stieg. Ihre Hose wurde ganz naß. Und gerade hier war die Strömung so stark, daß sie sie fast umgeworfen hätte. Wie gut, daß sie den Stock entdeckt hatte. Sonst läge sie sicher schon im eiskalten Wasser.

Da war Putzi am anderen Ufer angekommen. Sie hockte sich auf den Boden und zog die Schuhe wieder an. Dann kletterte sie durch die Schlucht aufwärts. Und bei jedem Schritt machte es „Kwatsch-kwatsch“. Das war das Wasser in ihren Schuhen. Und die nasse Hose klatschte um ihre Knie.

Der Bach begleitete Putzi. Sie kletterte über Baumwurzeln und Steine. Mit einmal wurde die Schlucht so eng, daß nicht einmal die kleine Putzi mehr Platz neben dem Bach fand. Da kroch sie auf Händen und Füßen den steilen Hang hinauf. Und es dauerte gar nicht lange, da sah sie über sich die Felsen und tief unter sich den Bach. Jetzt war es nicht mehr so steil. Es ging nur noch ganz sachte aufwärts.

Als Putzi bei den Felsen angekommen war, holte sie tief

Luft. Ganz in der Nähe stieß ein Specht seinen schrillen Ruf aus. Und da oben, irgendwo unter den alten Bäumen, war die Höhle, in der ihr Löwe – Putzi Kolls Löwe – wohnte.

Putzi stieg langsam weiter aufwärts. Aber sie sah keine Höhle. Auch nicht, als sie auf dem Kamm des Berges war. Nur Bäume ringsum. Unter den Bäumen war grünes weiches Moos.

Aber wo war die Höhle? Putzi war enttäuscht. Da hörte sie Knacken und Brechen von Zweigen. Ganz reglos stand sie, und ihr Herz hämmerte. Ein Reh war aus dem Gebüsch gekommen. Ein junges Reh mit schmalem Kopf und großen Augen. Putzi rührte sich nicht von der Stelle. Das Reh äugte jetzt zu ihr her. Dann jagte es mit großen Sprüngen abwärts. Sicher hatte es Durst und wollte zum Bach hinunter.

Putzi dachte nicht mehr an die Höhle. Sie jubelte vor Freude. An ihrem letzten Ferientag hatte sie ein Reh gesehen. Mitten im Wald und ganz allein.

Putzi stieg wieder zu den Felsen hinunter. Da sah sie vor einem großen Stein einen Feuersalamander. Er war gelb-schwarz, und er atmete schnell. Putzi sah auf ihn hinab. Sie hätte ihn gern mitgenommen, aber sie hatte ja keinen Tiergarten mehr. „Sicher ist er auch lieber hier im Wald", dachte sie. Und dieser Gedanke tröstete sie.

Putzi ging um die Schlucht herum und kam an der anderen Seite des Baches wieder ins Tal. Da fiel ihr plötzlich der Löwe wieder ein. Nun hatte sie seine Höhlenwohnung doch nicht gesehen. Dafür wußte sie aber, was für Tiere im Wald lebten. Spechte, Rehe und Salamander. Und die sollten jetzt in ihrer Löwengeschichte auch vorkommen.

Die ersten Häuser des Städtchens tauchten vor Putzi auf. Und da stand ja auch Mutters großer Suppentopf noch im Graben. Putzi hob ihn auf und ging rasch weiter.

Und dabei stellte sie sich vor, was der Löwe wohl zu den Häusern sagen würde. Bei den Häusern sollte er auch dem Mädchen Putzi begegnen, das ihn zähmen würde. „Und mit einmal sieht er das Mädchen", murmelte Putzi. „Es hat grüne Augen und überhaupt kein bißchen Angst vor einem Löwen. Und als es den Löwen sieht, sagt es ... Au!" schrie Putzi. Sie war an einen Laternenpfahl gebumst.

Putzi rieb sich mit der Hand die Stirn. Sie tat scheußlich weh, der ganze Kopf brummte ihr. Sie wußte gar nicht recht, wie sie überhaupt nach Hause kam. Sie sah nur undeutlich, daß überall schon die Straßenlampen brannten. Und mit einmal fand sie sich vor der Haustür. Und die war zu. Auch das noch!

Putzi schellte. Schritte erklangen im Haus. Die Tür ging auf, und der Vater stand vor ihr. Er sah ärgerlich aus. „Petra-Ulrike", begann er und wollte schimpfen. Dann guckte er sich Putzi genauer an und schob sie unter die Lampe auf der Diele. „Du hast ja eine Beule", sagte er, „und ganz blaß bist du."

„Das kommt alles vom Löwen", versetzte Putzi mit schwacher Stimme. „Deshalb ist es auch ein bißchen später geworden."

„Das kommt von einem Löwen?" Putzis Vater schüttelte den Kopf. Dann sah er den großen Suppentopf auf der Türstufe stehen. „Was ist denn darin?" fragte er.

„Nichts", murmelte Putzi. „Bloß mein Tiergarten war drin." Sie ließ sich in einen Sessel fallen.

Dr. Koll stöhnte leise: „Kannst du denn nicht vernünftig reden!" Er ging ins Badezimmer, holte ein Döschen mit Salbe und Heftpflaster. Er bestrich die Beule mit Salbe und klebte das Pflaster darüber.

Putzi hielt die Augen geschlossen und klapperte ein bißchen mit den Lidern. „Tat kein bißchen weh“, behauptete sie dann, obwohl es weh getan hatte. Und der Vater wußte das. „Du bist ein tapferes Mädchen“, brummte er widerwillig, denn er hatte sie ja gar nicht loben, sondern mit ihr schimpfen wollen. „Nun erzähl mal“, forderte er sie dann streng auf.

Putzi schüttelte den Kopf. „Bitte, Paps“, flehte sie, „bring erst den Topf in die Küche, damit Mutti nichts merkt. Sonst schmeckt ihr morgen die Suppe nicht mehr.“

Sie warf dem Vater einen schrägen Blick zu. Und – Hurra! – um Paps’ Mundwinkel zuckte es. Das war immer ein gutes Zeichen.

„Mutter ist mit Mäxle ausgegangen“, sagte er und ging in die Küche.

Da nahm Putzi den Topf und marschierte hinter ihm her. In der Küche stellte sie den Suppentopf aufs Regal. Da stand er nun ganz unschuldig inmitten der anderen Töpfe. Und kein Mensch konnte ihm ansehen, daß er Frösche und Schnecken enthalten hatte.

„Nun aber heraus mit der Sprache“, forderte der Vater sie auf und versuchte, ein grimmiges Gesicht zu machen. „Wo hat dich denn der Löwe angefallen?“

Putzi schwang sich auf den Tisch und bog sich vor Lachen. „Hach, Paps, bist du aber putzig!“ stieß sie hervor. „Der Löwe fällt mich doch nicht an. Ich zähme ihn ja.“ Und dann erzählte sie ihm von der Löwengeschichte, die sie sich für Ellinor ausdenken wollte, und von ihrer Suche im Wald, vom Reh und von dem Bums an den Laternenpfahl.

„Nur eins verstehe ich nicht“, sagte der Vater. „Was ist mit dem Tiergarten im Suppentopf?“

„Das sollte eine Überraschung für Ellinor und Mutti sein“, murmelte Putzi und baumelte mit den Beinen.

Und dann kam auch das heraus. Als Putzi geendet hatte, nahm der Vater seine kleine Tochter vom Tisch und schwenkte sie ein paarmal im Kreise herum. Putzi jauchzte vor Freude.

Aber mit einmal tat ihr der Kopf weh, und der Vater setzte sie geschwind in den einzigen Korbsessel. Da saß nun Putzi mit brummendem Schädel. Sie fuhr sich mit beiden Fäusten über die Augen und lachte und weinte ein bißchen. Alles zur gleichen Zeit.

„Ist so putzig, Paps", schluchzte sie. „Sind fast gar keine Tiere mehr im Garten. Das macht mich so traurig. Ellinor hat sie jetzt. Und das macht mich wieder ganz lustig." Und sie lachte unter Tränen. Da gab der Vater ihr einen Kuß auf die Backe. Und dann – ja, dann band er sich Muttis Schürze vor und wärmte das Essen auf dem Herd.

„Weißt du, daß es schon halb neun ist?" fragte der Vater. Putzi schüttelte erschrocken den Kopf. „Nein." Schon halb neun, und Paps hatte nicht geschimpft. „Du bist ganz lieb", murmelte sie.

Da ging die Tür auf, und die Mutter kam mit dem Hund herein. Mäxle stürmte sogleich auf Putzi zu und sprang auf ihren Schoß. Und Putzi drückte ihn an sich und streichelte ihn. Aber die Mutter sagte nur strafend: „Petra-Ulrike!"

Da drehte sich der Vater vor dem Herd um und legte den Finger auf die Lippen. „Pscht", machte er. „Nicht schimpfen." Und dann flüsterte er lange Zeit mit ihr.

Putzi sah, wie die Schultern der Mutter leise bebten. Sie nahm ihrem Mann die Schürze ab und band sie sich selbst vor. „Bestand dein Tiergarten vielleicht aus so gräßlichen Tieren wie Schnecken und Fröschen?" fragte sie.

„Nein", sagte Putzi und schüttelte heftig den Kopf. „Nur aus allerliebsten Fröschen und Schnecken."

„Also doch“, sagte die Mutter und gab das Essen auf.

„So spät schmeckt es viel besser“, meinte Putzi. Jetzt merkte sie erst, wie hungrig sie war.

Nach dem Essen durfte sie noch mit ihren Eltern ins Wohnzimmer gehen. Der Vater schenkte Wein ein und für Putzi Apfelsaft. Und dann stießen sie mit den Gläsern an. Putzi gähnte mit einmal. „Was wohl mein Schaf macht“, murmelte sie.

„Wir wollten eigentlich heute zu den Großeltern fahren“, erwiderte die Mutter. „Dann hättest du alle gesehen: dein Schaf Liese und die Kuh Trinle und das Pferd Anton. Aber du kamst zu spät zurück.“

„Schade“, sagte Putzi enttäuscht und gähnte noch breiter. „Morgen fängt die Schule wieder an.“ Sie zog ein Schnäuzchen. „So schöne Ferien“, murmelte sie und seufzte. Dann sang sie den Eltern das neue Lied vor, das Fritz gedichtet hatte. „Wir wollen Freunde sein!“

„Und Freunde bleibt ihr auch“, sagte die Mutter. „Sabine und Fritz und Jörg müssen ja morgen auch wieder zur Schule.“

„Die schon, aber Mäxle nicht.“ Putzi sprang auf und hockte sich neben dem Hund auf den Teppich. „Morgen vormittag bin ich nicht da“, sagte sie zu ihm. „Aber du mußt trotzdem ganz brav sein, Hutzelputz. Willst du das?“

Der Hund hielt den Kopf schief und gab Putzi die Pfote.

„Er hat mir's in die Hand versprochen“, jubelte Putzi und guckte zu den Eltern auf. „Jetzt will ich euch auch wohl versprechen, ganz artig zu sein.“

Da guckten sich Vater und Mutter lächelnd an. Und das hieß: Putzi kann so bleiben, wie sie ist!